当代作家作品精选·散文卷　　主编　凌翔

一意孤行

无为 著

北京日报出版社

图书在版编目（CIP）数据

一意孤行 / 无为著. — 北京：北京日报出版社，
2022.9

ISBN 978-7-5477-4347-8

Ⅰ.①—… Ⅱ.①无… Ⅲ.①散文集－中国－当代

Ⅳ.①I267

中国版本图书馆CIP数据核字（2022）第119357号

一意孤行

出版发行：北京日报出版社

地　　址：北京市东城区东单三条 8–16 号东方广场东配楼四层

邮　　编：100005

电　　话：发行部：（010）65255876

　　　　　总编室：（010）65252135

印　　刷：北京军迪印刷有限责任公司

经　　销：各地新华书店

版　　次：2022 年 9 月第 1 版

　　　　　2022 年 9 月第 1 次印刷

开　　本：710 毫米 ×1000 毫米　1/16

印　　张：14.5

字　　数：200 千字

定　　价：79.80 元

作者简介

　　无为：本名赵亮，甘肃平凉人，自主择业的军队转业干部，中国作家协会会员，广西北海市作家协会副主席。有小说、散文发表于《人民文学》《中国作家》《上海文学》《北京文学》《美文》《作品》《天津文学》等刊物，获第八届冰心散文奖优秀作品奖、第二届《飞天》十年文学奖、第四届崆峒文艺奖、第八届黄河文学奖等奖项，出版有中短篇小说集《周家情事》。

作品简介

《一意孤行》是北海作家无为用五年时间，创作完成的一部自传体长篇散文。该作品以作家本人的故乡平凉为起点，从甘肃陇东乡村的少年生活写起，表现了从乡土到军营，从北方到南方，从军官到经商的生活道路，描述了他在平凉、中宁、张掖、武威、兰州、格尔木、北海等地，四十年的生活足迹，展示了他的爱恨情仇、思想嬗变和心理煎熬。坦诚了他放弃学业从军，放弃省城机关去青藏高原，放弃政府公务员安置去当个体户，放弃北方家乡熟悉的生活环境，去南国异乡定居的心路历程和果敢抉择，展现了他追求自由、张扬个性的精神，和一意孤行的倔强性格。作品分别发表在《人民文学》《中国作家》《美文》《飞天》《广西文学》《西北军事文学》《经济日报》等刊物上，其中部分单篇作品获得过冰心散文奖优秀作品奖等奖项。其作品语言口语化，行文故事化，细节生动，诙谐幽默，可读性强。

目　录

寻找二弟

1

我有个二弟，这是确信无疑的。不能确定的是，二弟现在是否还在这个世界上。

二弟留给我最清晰的印象是他那张婴儿的面孔。脸蛋白白嫩嫩，额头布满胎毛，眼珠子又黑又大，几乎装满眼眶。我从小就认为二弟是长这个模样的。后来当我看到别人家的婴儿也长这个样儿时，我总会说，这娃长得太像我二弟了。再后来我渐渐长大，才意识到婴儿其实都长这样子。为此我很失望，也恨自己没记住二弟后来的长相。

记住他这张白嫩的婴儿脸，是在小时候一个天气暖和、阳光明媚的秋日里，我抱着他坐在大门口的涝坝边上。记忆中身边是打谷场，堆有沉甸甸、黄澄澄的谷穗，涝坝里装着很满的雨水，涝坝边上有棵繁茂的杏树。我属龙，1964年农历十一月生，二弟属鸡，当时大约是四十天的婴儿。这么推算，那时候应该是1969年秋天，我的年龄大约是四岁零九个月。我曾经读过一位专家的文章，说人只能记住五岁后的事情，能记住五岁之前事情的都是天生才俊，这位专家失算了。

不足五岁的我，抱着刚满月不久的二弟，在我的故乡陇东地区，这叫作虱子抱卵蛋，有些勉强和硬撑着的意思。那时候，二弟之上已经有了我和大妹大弟，母亲刚出月子，拖着一堆连爬带滚的儿女，没法参加生产队劳动，就待在家里侍弄半亩自留地里的庄稼，我的虱子抱卵蛋，能腾出她的一双手来。模糊的记忆里，我怀中的二弟多是闭着眼睛睡觉，如果睁开眼睛哭闹或拉屎尿的时候，母亲才会走过来伸手揽走他。那年秋末，雨水很少，阳光灿烂，温暖如春。

一天午后，天空有大雁南飞。我又一次蹲坐在涝坝边上的杏树下，怀里抱着二弟乘凉。那天父亲似乎也在家，隐隐约约记得他和母亲的身影在谷场上晃动。二弟在我怀里突然不安分了，咧着嘴巴哭叫，一只小手冲涝坝里摇晃。我以为是二弟想要涝坝里水面上跳动的一只水蚂蚱，就要给他去抓。手刚一松，二弟就从我的怀里滑落出去，滚进了涝坝里。记忆中残存的是以下这样几个碎片，父亲的两条长腿飞似的从我的眼前晃过，一只大手像抓一只落水的鸡似的，从涝坝里把二弟提了出来，之后我的屁股上就感受到了重重的巴掌，我的哭声就淹没了那个阳光明媚的秋日午后。听着我家又哭又喊的，不远处的山坡上给生产队收割粮食的几个女人，都很惊恐地跑了过来。其中一个抱着我的二弟说：

"这娃左眼下有个滴泪痣，男左女右，命不太好啊，怪不得这么小就遭这么大的祸。"

我母亲听了立刻就又哭泣起来。还是我二伯母会说话，她斜倚在我家门框上，一遍又一遍地安慰说："滴泪痣只要不往大哩长就没事儿。这娃大难过去了，必有后福的。"我母亲就不哭了。究竟会有啥后福，我也想不出来。

不久二弟就被陌生人抱走了。

当时天气似乎很冷，我穿着单薄的衣衫，身子在明媚的阳光里不停地哆嗦。二弟好像还不能走路，算起来这应该是他溺水涝坝后翻过年的初春。

我家在陇东山区一个山湾里，周边就二三户人家，一共十来口人，日子过得缺吃少穿，狗都难得有叫声，平日里总是静悄悄的。一天，家里突然来了好多的人，其中有的戴着口罩，有的把口罩塞进衣领里，外面露个白细绳子，后来我才知道，他们是工人身份。家里吃了长面，菜盘里有粉条和肉，二弟的黑顶子地主帽被换成了虎头帽，衣服上也有老虎的斑纹，屁股上还有根长长的老虎尾巴，似乎二弟被这些人给弄成了只小老虎。一群人出门时好像还放了一串鞭炮，震得沟里的崖娃娃（回音）叫唤了好长的时间。二弟被一个戴白帽子的女人抱在怀里，脸还是那张婴儿脸，笑呵呵地吃着手指头。人群走下我家门前的山坡时，送行的就剩我和父亲两人了。母亲站在门前涝坝边上，抱住杏树哇哇大哭。我意识到母亲舍不得二弟，就抓住抱我二弟的那个女人的手不放，父亲不知为何，也扯住我的另一只手不放。我开始哭闹着说我不让二弟走，父亲就把他的铁钳子一样的手指猛地一捏，我抓着白帽子女人的那只手就松开了。

之后听大人们说，二弟给了镇原县姓李的人家了。

2

接下来好几年的日子里，我时常听到父母嘴里念叨说："把碎娃给到了一个工人家。"他们说的碎娃就是我的二弟。"碎"在我们陇东方言里是小的意思，碎娃意思就是最小的娃娃，是对刚生下来的婴儿的爱称，也是还没确定正式的乳名前普遍采用的临时称呼。二弟在父母还没来得及起好乳名时就给了人家，碎娃这个称呼就成了他在我们一家人心里的正式名字。说起把二弟给了一户工人家，母亲总是眼泪汪汪的，父亲却有些不以为然，甚至还有些自豪。父亲的自豪大概有两层意思：一是工人能挣工资，自己的一个儿子可以过上好日子了；二是工人是公家的人，从此以后在公家的人家里有了自己人，就跟朝廷里有人差不了多少。

有一年过年，我们家里突然来了个不认识的亲戚，工人打扮的四十多岁的男人，父亲说是碎娃养父。这对于我们山沟里这样一户穷人家来说，无疑是贵客临门。父母激动得一遍遍地让我们问好，我们都拿到了几粒糖果和花生。碎娃养父是下午骑着一辆崭新的飞鸽自行车来的，听他说翻山越岭没少受累。住了一夜，第二天中午离开了我家。其间聊天我们才知道，他叫李为学，在青海西宁市当建筑工人，也是过年才能回到镇原县李家庄的家里，和老婆娃娃团聚十来天。至于二弟碎娃的近况，他拿了一张黑白照片给我们看，上面是一个骑在木马背上的小娃娃，脸蛋又白又胖，看着跟棉花团子似的。母亲端详完照片，偷偷地给父亲说："那颗痣没有往大里长。"听碎娃养父说，自从二弟进了他家门，牛奶和饭里边的肉臊子就没断过，白面馍馍放开吃，他老婆不下地劳动挣工分，专带碎娃的，家里养了只奶羊供二弟奶水。听得我们把口水都快咽满了肚子。他带来了一帆布提包油饼，估计有十多个，是准备给我父亲三兄弟家的礼物。按我们陇东乡下规矩，客人走时才能打开包放下礼物，这把我们兄妹几个给馋坏了，都有意无意地往那个帆布包跟前蹓跶，没少让父亲警告和吓唬。我大弟胆子大，老想对那个包下手，被母亲单锁在一个窑洞里一夜，屎尿都没送出门来。表父离开的时候，是我推着自行车送他上的塬。分手时，他伸手摸了摸我的头，往我衣兜里塞了两块水果糖。

他走后我家就热闹了。弟妹们都长大了些，能七嘴八舌和争争吵吵了。我们经常谈论的话题是，二弟碎娃现在吃的什么喝的什么用的什么，我们用尽了所有的联想和想象，包括在生产队大场里看过的两场电影里面，国民党特务家里的生活画面。

"为什么不把我送人去？"

我们兄妹都争相问父母这个问题。

母亲说："人家没儿才抱养别人家的娃，哪能轮到你们？"

我的几个妹妹就不吭声了。

"为啥不把我给人？"我觉得好事情得先轮到我的头上。

"我们赵家能把大儿子给人？"父亲说得理直气壮，意思我这个长子将来要顶门立户的。

我虽说是有些遗憾，可听到这话也算是一种安慰。

"那总该轮到我吧？"大弟脑子发育得早，上嘴唇上还掉着鼻涕，就已经知道维护自己的利益了。

"一个儿不算儿，两个儿才是儿。"父亲说得洋洋自得，意思是他有两个儿子在手上才是双保险。

这样我们兄妹们都泄气了，都学着大人们的口气，哀叹自己命不好，没有运气生在二弟那个位置上。

夜里，我时常能听到父母谈论二弟送人收钱的事情。大约是说，二弟碎娃给人时，李家给了八十多块钱，脖子上还拴了块银圆。钱由父亲掌管着，银圆归了母亲。他们说这八十多元顶城里一个老工人两个月的工资，经常悄悄算计这钱怎么开支，有时候还为这事儿吵闹。一次，父亲执意要让母亲拿出那块银圆卖了零用，母亲不肯，说那是她十月怀胎换来的，是她的一个念想，为此父母俩人还打了一场恶架，母亲的脸上开了口子，流了不少血，头发被揪下来好几绺子。

3

最艰难的1974年来到了。那是我这辈子唯一饿过肚子的一段日子。年过后我家装粮食的木柜里就快见底了，二三月份就只能吃糜糠，吃从河南调运来的定量红薯片，吃得弟弟尿不出来，妹妹们走不动路。我吃红薯片还莫名地呕吐，能呕出肠子。这个时候，一家人就有了一个共同的想法：去一下二弟家，看能不能带回来些油水。

母亲说，说好的十五岁前不能见面，不然娃就认了亲爹妈，现在不能去。父亲就骂母亲死脑筋，说去了不认咱娃这个儿子，就说是远亲上门不就行了，一家人命都保不住了，还顾啥脸面。这样就商量定由母亲去。家里硬撑着给母亲做了件新上衣，说千万不能让人家看出来是日子过不下去才上门的。还打算带一筐苜蓿菜，去了就说知道你们日子好，送这个来为去肚子里油腻的。父亲还交代，能多待一天就多待一天，磨蹭到收上新麦了回来更好。回来时一定要带回几个油饼来，就说不是家里没有，而是你们手艺好，做得实在太香了，我们赵家几辈子人闻都没闻到过这么香的味道。兄妹们听着这事儿了都争着要跟母亲去，最后父亲决定我和最小的妹妹跟着去，理由是小妹还在吃奶离不开母亲，我人大些有力气，可帮背一筐子苜蓿，回来时可以背油饼和其他的好东西，还能帮母亲在路上打狼打狗。我当时很高兴，偷偷地拿出自己心爱的红缨枪练刺杀，准备带在路上当武器。红缨枪由一根木棍雕刻成，枪头刷着银粉，脖子上绑着一绺染成了红色的麻线。我练习时用力过大，一使劲儿枪头戳在土墙上折断了，气得我不吃不喝只哭泣。父亲看我可怜，就从生产队里弄来了一个木把铁尖的真梭镖让我扛在了肩上。怕弟妹们闹着要跟去，我们天没亮就偷偷地出门了。路上没遇着狼狗当道，倒是提一筐苜蓿菜，累得我头晕眼花。午后翻过一道深沟时，我实在累，就坐在地上不动了。母亲吓唬说有狼，我说我不怕，我有梭镖。母亲抱着小妹先走了没一会儿，一群老鹰突然飞过来在天空盘旋，这把我吓得当场就要尿裤子了。我听村里人说过，老鹰盘旋的地方，都会有死了的小娃娃被野狗从土里刨出来。我赶紧站起来提着苜蓿扛着梭镖追赶母亲。我还向空中张牙舞爪了几下，让鹰们知道我是活着的。天黑时分，我们到了二弟家。

最先见到的是二弟的养母，那个以前戴着白帽子来我家抱走二弟的女人。她认出我母亲后，脸一下子由白变红。伸手接住我手上的苜蓿菜筐子，没提进屋里，而是直接搁到了大门旁边拴着的一只奶羊跟前。我吓得没敢吭声，母亲嘴里唠叨说那筐苜蓿有多好，二弟的养母没说话，伸手指了下奶羊身后长得黑油油的一大片苜蓿，母亲就再不吭声了。二弟已经是一个满院子活蹦乱跳的小男孩了，穿得衣帽整齐的，不像我那么大时还光着屁股。脸蛋还是白得面团似的，眼珠子也黑，就是面相变了，我母亲悄悄给我说，他长得跟我小时候一模一样。脖子上挂着银项圈和银锁，名字也由碎娃改成了拴存，大约寄托着他父母的宠爱和不舍。母亲看见后没敢去抱二弟，老远瞅着说："这娃长得俊，一看就像李家的人。"这是出门时父亲再三叮嘱的一句话，他们家人听了显得很高兴。他的那个叫李为学的养父不在家，有个姐姐叫红香，印象中背个书包上初中，比我高出一个头，从来不跟我们说话。家里是新窑新房，洗脸的脸盆搁在一个铁架子上，擦脸的毛巾雪白，不像我们兄妹围着一个瓦罐洗半罐子黑水，抢着拿我母亲的头巾擦脸。

　　刚去我就惹了祸，我误用了红香姐姐的毛巾，她放学回家发现后又哭又闹。第二天我没再错用她的毛巾，她回来后也死活说我用过了，整得她母亲连着给她换了三条新的。母亲也惹了麻烦，她趁给三妹喂奶的机会，哄着给二弟喂了一口奶，还借机细看了一下他左眼下的那颗痣，兴奋地给我说痣没往大里长，可吃奶的事情让二弟的养母知道了。这还了得，亲娘的奶能接上血脉的，二弟的养母当场就暴跳如雷，我母亲哭着求饶，差点儿下了跪，她的怒气都消不下去，我觉得第二天肯定就让我们滚蛋了。第二天却没见动静，二弟养母的脸上也没了怒气，还变得笑嘻嘻的。原来是二弟看到我擦屁股用土坷垃，夜里在被窝里能闻到屎臭味儿，闹着不和我在一个炕上睡觉。这让他养母觉得自家的条件很优越，足以吸引住儿子，一口奶并没影响到他们母子的亲情。我母亲知道了却很生气，背过人了叹着气给我说："天生就是人家的儿子，一口奶哪能认回来。"

我想不出什么招数能吸引二弟亲近我。听他养母嘴里唠叨说，家里男人长年不在，净受人欺负，我就悄悄问二弟，村里有没有娃娃欺负过他。二弟说他去生产队里的麦场，路过几家门口，老有娃娃朝他扔土块，有些还追在他屁股后面扔，追来大门口往院里扔，还有人家的狗也扯着绳索冲他汪汪。一听这话我就不由得愤怒起来，提起我的木把铁尖的梭镖，拉着弟弟就往门外走。十岁的我已经是个小大人了，虽说身子瘦如麻秆，破裤子短得都快遮不住了膝盖，可走在幼小的二弟前边，还是雄赳赳气昂昂的。我拉着二弟经过那几个门口，娃娃们老远就跑进门里，藏在了门扇后面。胆大些的伸出半颗脑袋，傻傻地瞅着我们。狗们都夹起了尾巴，大气都没敢出一声。二弟自始至终都抱着我一条胳膊，显得既紧张又兴奋。回来后就悄悄递水果糖给我吃，夜里还拉我跟他一起睡觉。

一天我提着梭镖，带二弟去看生产队里打井，路上突然发现草丛里有一支圆珠笔。天哪！那个时候，对于我这样一个爱学习的山里穷娃子而言，这无疑是天降宝贝。我没有任何思考，冲过去拾起来就揣进了衣兜里。走了几步，觉得危险，后面有人追来问怎么办，于是很聪明地弯下腰，把圆珠笔塞在了右脚的鞋帮里边。因为兴奋，我忘了瞅二弟的表情。走了没有几步，一个人气喘吁吁地追了上来，问见他圆珠笔没，我说没有见。那人不信，说他在这地方蹲着系过鞋带，我红着脸还是说没见。这时候我二弟出声了，圆乎乎的小手指头往我右脚一指，说："在鞋里头塞着。"那人一把推倒我，从鞋里找出了那支圆珠笔，用我的鞋冲我屁股打了十多鞋底子，然后扬长而去。

我偷圆珠笔的消息在他们村里传开了，我们再没法待下去了。回家时带没带油饼我也已经忘记，印象中我们回来后的好长时间里，家里再没人提起过二弟。

4

我的故乡草峰塬上在 1979 年底完成了土地联产承包，农民的日子开始好转，都能吃饱肚子了。这时候家里又开始有意无意地提起二弟。话题主要是，现在土地承包到了自家，二弟的养母再不能像以前那样享清福了，种起地来肯定很狼狈。农民也能进城搞建筑盖高楼了，二弟他养父李为学那样的建筑工人，其实也没啥了不起。我则不停地给父亲提建议，家里盖新房时一定要盖成砖的，要弄得比二弟家的土坯房子更阔气。其实这时候家里只是多收了点粮食，也就刚能糊口，人们就已经高兴得忘乎所以了。为了营务好分到手的几十亩田地，三个妹妹都辍学回了家。我初中毕业考上了城里的中学，可没钱买被褥，母亲无奈舍出了她私藏的，二弟离家时挂在脖子里的那块银圆。我拿着去卖给了公社的一个什么部门，而不是银行。银圆上的老头儿，肥头大耳，一脸的伪善。收银圆的干部用两根手指捏着银圆，放在嘴边一遍遍地吹，吹得转起来后，伸到耳朵跟前听，听得觉得没问题了，就递给了我八元钱。

那年暑假期间，有一天刚吃完午饭，山后边相邻庄里的田婶来了我家。田婶的娘家在我二弟的村子上，她每次都能带来让我们盼望的消息。

"碎娃他养父死了。"田嫂说。

正在盛饭的母亲听清后，手上的一碗面条连碗掉落在了锅台上。田婶继续说，李家门口放着好多的大花圈，她老远就能看到，唢呐吹得呜呜咽咽的，她在她娘家的院里听得清清楚楚。听看热闹回来的娃娃说，是被什么东西给砸死的，下葬时他女人哭得裤腰带都快从胯骨上滑下来了。

"弄不好你们的碎娃得送回来。"

田婶说完叹着气回了家。

那个晚上，我们一家人几乎都一夜未合眼。因为都对挨饿心有余悸，两个年纪尚小的小妹，一听家里要增加一张吃饭的嘴，就都显出害怕乃至恐惧的神情，仿佛有饿狼很快会冲进家里来。夜里父母一直在说话，窗台上的煤油灯火舌一吐一吐的。他们说，孤儿寡母的肯定过不下去，再嫁人肯定不缺儿子的，咱们的碎娃一定会送回来，没人养活别人家的种的。说刚分完承包地，回来就是个黑户，跟别人家比又得吃少分四五亩田地的亏。弟妹们都辍了学，二弟回来后怎么办呢？母亲叹息说："享惯福了，细皮嫩肉的，回来了肯定受不了这份儿罪，还是去学堂里先躲几年吧。"父亲说："把他想得美，在我跟前受了一茬老罪的都在地里抡锄头的。"母亲就不吭声了。其实这时候我的心里很紧张，我怕父亲说我已经长得够高大，回来干农活正好，让二弟去学校再混几年。父亲没这么说，我的心里轻松了不少。再后来，我就听到父亲白天夜里常常叹息，为二弟回来后，家里今后的日子怎么过而犯难。我们家七口人守着两孔窑洞，还是爷爷在时修的。屋里能值几个钱的家当，就是两个窑里靠墙放着的两条木柜，一长一短两件皮袄，再就是锅台上残缺不全的一些锅碗瓢盆，土炕上几床破烂不堪的被褥，蹲在院墙根上的那几只东倒西歪的水桶粪筐和几条扁担。父亲经常说，将来我和大弟一人一个窑洞，一条木柜，一件皮袄，他自己有能力了再挖两孔新窑洞和我母亲居住。至于娶媳妇的彩礼嘛，我父亲就更是胸有成竹。三个妹妹一定要嫁到地形平坦的塬上，彩礼自然要低点的。我们家在山里，娶媳妇彩礼肯定高，可不管彩礼再怎么涨，嫁出三个总能娶回两个来的。二弟将要回来，一下子打乱了父亲的治家计划，他就变得垂头丧气起来，整天无名火发个不停。最小的两个妹妹不懂事，都觉得二弟要回来是一件有趣的事情。狗一汪汪，她们就争着往门外跑，没见门前的山坡上有人拖着小娃娃上来，就都显得很失望。有时候还会故意大喊着吓唬父母说已经到门口了，母亲常常惊慌失措。父亲则沉着冷静，说人刚死了，怎么也得过了三七才会把娃送回来。母亲说，都长成大小伙子了，可能是有些舍不得，毕竟擦屎倒尿地喂了十年了。父亲驳斥他说，寡妇拖两张嘴嫁谁去，她亲生的那个闺女，人家养不养都难说，还能养别人家的闲种？

又过了两天，一家人正在院子里打碾谷穗。母亲忽然给父亲说："这把儿子送回来，又要讨回那八十多元钱怎么办？"父亲听了当时就愣到了那里。我的心也开始突突乱跳，心想人家会不会讨要那块银圆。母亲继续说，养了近十年，米面没少吃，还穿了好衣裳，活了人上人，不要抚养钱已经烧高香了，那八十多元哪能不要回去。又说现在家里的日子好了些，多吃点菜蔬省下几袋子粮食卖了，也差不多能还上那八十多元。一旁的父亲早已听得额头上青筋暴起了，他扯着嗓子红着脸说："给人当儿不要钱吗——把他想得美的。"父亲连说了几遍，脸也变成了猪肝色，还伸手抓起一把馒头执在手里，冲门口乱晃，意思是送二弟回来的人，谁胆敢讨要那钱，他就会让那人从这个门里站着进来，躺着回去。

三七过了好几天了，没等到二弟碎娃被送回来，却等来了田婶。田婶进门就讨饶，说是她老眼昏花看错了，又听了娃娃们的胡说。不是我二弟养父李文学死了，是李文学的哥哥在公家煤矿上出事死了。又说前一阵子来了新政策，二弟一家几口全转了城市户口，都搬到西宁市住楼房当城里人去了。

"别说了——"父亲厉声呵斥她闭嘴。

田婶每次来，我家都会好吃好喝招呼款待她的，这次没理她。

5

1985 年我 21 岁在部队提了干，这对我们家来说是天大的喜事了。

这年 7 月回家探望父母，赶在了夏收时节，乡里学校放假，政府关门，到处都在心急火燎地割麦碾麦，村里显得人多又热闹。我们家已经从深山湾里搬迁到了平坦的塬上，一家人都住上了新窑洞新瓦房。听说我成了军官，村里老老小小的都跑到我家来看稀奇。

他们抚摸我的军官服，试戴我的大盖帽，我也很自豪地给他们发着带回来的糖果香烟。记忆中那是我们家里最热闹最幸福的时候。

来的客人中有一个我的远房爷爷，我二弟送人就是他找的人家。他看到我有了出息，我们家的光景好了，就很感慨，指着我父亲说："你家的碎娃如果在的话，肯定也能当官儿，那可是个好苗子。"说得一屋子的人都愣了，都问我父亲是怎么一回事情。父亲低头沉默不语，母亲和我也都无言以对。客人走后，父亲悄悄问我："你估计碎娃现在弄啥事情？"我想了想，说："不到 17 岁吧，大概高中刚毕业，没考上大学的话，有可能接他爹的班当了工人。"没过两天，村里就有传言说我们家原来穷得很，把儿子都卖给了别人家，现在竟然也上了大学。我回去责备父亲不该乱说，他把眉头一皱，说："肯定是八九不离十，你辍了学都能提干当军官，他家那么有钱怎么上不了大学？"父亲还鼓动大弟说："你也是个初中毕业，抓紧弄个民办老师当当，以后找个机会转了正，把我们家的穷根拔完算了。"我母亲听不惯我父亲的那些大话，就给我说："一家人就你在外边，你去找一下碎娃，看他到底在干啥，别再叫你爹到处胡诌了。"我很爽快地答应了。

为此我提前几天离开家，计划从平凉返回张掖部队，经过兰州时转车先去西宁。路上思来想去，却顾虑重重，到兰州时竟没下车。我一个小排长，拿着可怜的一百来元工资，守在张掖这么个小县城里，住着集体宿舍，吃着大食堂，能跟在西宁市里住楼房的省城人家比吗，去了肯定还是得看人家白眼。说不定二弟的确考上了大学，见了面也会小看我这个哥哥，还是过几年等自己进步了再去吧。接下来的几年里，我努力往兰州调动工作，终于在 1990 年调进了省城，过上了有妻有女有房有家的幸福生活。这年的秋天，我穿着佩戴少校军衔的军装，很自信地带着一家人去西宁市找寻二弟碎娃去。为了显得风光些，在市区特意租了一辆当时很上档次的桑塔纳轿车。我们按二弟的养父口头说给我们的单位"西宁市建筑公司"找寻，吃惊的是竟然找不到。一路问寻，得到的答复是："西宁市有好几个建筑公司，你找哪个？"原来用这名字的有国营私营股份几个不同单位，最早国营的那一家早倒闭没了影儿，地盘都搞开发盖了高楼，老员工都作鸟兽散了。无奈返回，电告老家的大弟，让去镇原县李家庄找寻线索。大弟去了，找寻回来一张二弟碎娃的五寸黑白全身照片，还有一条惊人的消息：二弟前些年已在西宁市溺水身亡。

这张黑白照片邮递到兰州我家里时，我一个人关起卧室门，长时间地、细细地端详，没有眼泪，只有叹息。二弟的五官和我的太像了，也是黑粗眉毛国字脸，眼神似乎也是冷中带些忧郁。我从他的眼中瞅出了一种无法抗拒的亲情，我觉得我与照片上的这个人的心是相通的，我相信他就是我的二弟碎娃。与照片同时邮寄来的是大弟的一封信，大意是说二弟命不好，有安慰我的意思。夜里又细看照片，隐约能看出他左眼下的痣有些变大。我不相信这些东西，可又觉得他的死与小时候从我的怀里落入涝坝中，存在某种神秘联系。之后好多个失眠的夜晚里，我都在深深地自责。如果早几年去找寻二弟，一家人续上骨肉亲情，或许能影响和改变他的命运，逃脱噩运也不是没有可能。我为自己的自私和虚荣深深地忏悔。

6

2003年我从部队转业，回故乡探了一次亲。

回家后看到才六十岁的母亲已经发如霜打，头脑开始变得迟钝，肢体动作也迟缓起来，我意识到她老了。一天她无意中给我讲了一件事情，说是有个小伙子很像以前给了人家的那个碎娃，这几年都从家门前经过，每次都进门歇脚，她都好吃好喝地招待。

"咱们的碎娃左眼下有颗痣的。"我轻声细语地说了这么一句，意在提醒母亲，二弟已经不在人世了，别胡思乱想。

"现在电视上天天广告激光去痣，他家那么有钱，还能留着那个没福气的东西？"

我听后吃了一惊，原来在母亲的心里，还是没有完全认可二弟已经溺水死亡这个事实。可又不好跟她争辩，或者用道理说服她。我怕惹得她更加痛苦和伤感。

春节前夕，家里来电说父亲生病住院，我又一次急匆匆地回了老家。说来也巧，进家门正好遇上了母亲招呼那个像二弟的小伙子一家人吃喝。看着还真有些像，只是脸上多了些油滑之气。吃的是臊子面，汤里的辣子油厚得一口吹不透，一群人吃得过瘾，嘴里吸溜个不停。母亲侍候他们很专注，都没意识到我已进门好半天。我问这小伙子籍贯姓名，家住何处，他支支吾吾，说不出个所以然来。

"骗傻老太太混白饭是不是？"

我肚子里一下子升腾起一股无名之火，拉起脸就呵斥让他开路滚蛋。他没辩解一句，就灰溜溜地带着老小出了门。立在锅台边上的母亲没吭声，发了半天的呆，眼眶里滚出一串泪珠。我想安慰她，却不知从何说起。随后对我长时间冷漠，无疑表明了她对我的怨恨和不满。看来这二弟的事情并没有因为"溺水"而尘埃落定，还得继续寻找下去，不然母亲这辈子是死不了这条心的。

我转业后选择了自主择业，年年得去青海省军转办报到，去西宁找寻二弟的机遇有如天降神赐。翻过年后，就横下心来继续找寻二弟。这次我做了打持久战的准备，打算在西宁市里转悠几个月，挨门数户地找，地毯式搜寻一遍也未尝不可。西宁地处高原，春天阴冷异常，又遇着了雨夹雪的天气。办完报到手续后第二天，一大早我撑着伞就出了门，高楼林立的城市，在漫天的雨雪中变成了一个亦真亦幻的世界。去了五个西宁市的建筑公司，出入了好多家破平房和几十层高的拆迁安置大厦，走访了不少拆迁户住的出租房，见过许多镇原县的老职工，没得到李家庄老工人李为学或青年工人李拴存，以及他家人的一星半点儿的消息。几天以后，我开始有些绝望，瞅着雨雪中穿城而过的湟水河发起了呆。西宁城里能让人溺水死亡的地方，大概只有这条河流了。我问路人："以前有没有见过有个小伙子溺水？"他们多摇头说不知道，眼神中能看出他们怀疑我神经有些问题。在那些雨雪霏霏的日子里，我去了当地的殡仪馆，看了许多贴有年轻小伙子照片的骨灰盒，细细地找寻他们中谁的左眼眶下长有黑痣。遗憾的是一无所获。每次回到旅馆时，都是顶一头雨雪，从脸上流进嘴唇里的雨水里有着淡淡的苦涩。

后来遇上一位老太太，她说认识好些个镇原籍的工人家属，如果能提供姓名，可以帮着打问一下。我只记得二弟的养母戴个白帽子而已，于是打电话试着问母亲是否知道姓名。母亲知道我在西宁寻找她的碎娃，电话里就开始嘤嘤哭泣。她说前不久夜里做了一个奇怪的梦，梦中看到一个五六岁的胖男孩儿在她的眼前跑，模样非常像六岁时的碎娃，脖子上戴着好看的项圈和一块银圆。这胖男孩儿边跑边回头向她招手微笑，跑了一段路后，大声给她说："妈，你们别找我了，我早已经托生到这家里了！"说完就跑进了旁边的一个大门。她走过去看，那门是大红色，上面有一大片铆钉，伸出两只虎头，嘴里咬着个很大的铁环，门口还蹲着两只闪着金光的狮子。她没去敲那门，而是老远冲它抱拳作揖，嘴里说："这就好了，这就好了！"说完就笑呵呵地转身往回走了。后来梦就醒了。母亲说完后泣不成声，给我交代去找那个大红门和那个光屁股男孩儿，说是找到了她要亲自去西宁看他一次。

于是我见人就问：

"西宁市里有大红门的人家吗？"

"门上要有铆钉门环。"

"门前要蹲有发光的石狮子。"

得到的回答都是：

"现在城里哪还有这样的大门。"

"走路都放不下脚，哪还能有地方蹲石狮子。"

"虎台一带可能有，都是新修的四合院，住的不是省级老干部，就是大老板。"

于是我急忙赶往虎台一带。转悠了近一天，的确找到了几户这样的大门，可没见门前蹲有石狮子，更没看到母亲梦中那样的光屁股小男孩儿出入。一次遇着天黑，老远看见一户门前有发光的金狮子，我的心就抑制不住在胸腔里一阵颤抖。走近一看，狮子是用磷粉画在瓷砖上的，贴在门口的墙脚处，夜里闪闪发光。我在那里呆立了很久。

后来我每年去西宁报到，都会不由自主地要去虎台一带转悠，这样至今已十年有余了。我曾经想告诉母亲，那只是个荒唐的梦而已，没必要当真，无奈我实在是开不了口。

看来我寻找二弟的脚步是停不下来了。尽管我明白，那只是追寻一个梦想或幻觉而已。母亲是永远无法放弃她心中那一丝残存的希望的，尽管那希望早已随西宁城里穿城而过的湟水河漂逝到了黄河，漂逝到了大海，漂逝到了天地的尽头。而我要寻找的是，那曾经沁入自己生命记忆中的岁月，那缥缈悠远的、我们兄弟共同的生命来路。

（发表于《人民文学》2017.5，获第八届冰心散文奖优秀作品奖）

我和父亲未解的心结

父亲去世已经整三年了。我与他老人家多年形成的一些心结，在他故去时并没有解开，不知道在另外一个世界里，他是否原谅了我这个不孝之子。说心里话，直到现在我并没有完全理解他。尤其让我最纠结的几件事情，一直深藏于我的内心，时间长了总觉得如鲠在喉，不吐不快。我将它们编织成以下粗糙的文字，呈献给亲朋好友和儿女子孙，让他们了解和认识父亲，并略表我的思念之情。

偷公

我十岁的时候和父亲发生了一次冲突，时间大约是 1974 年的麦收时节。当时陇东连遇两年大旱，这年春节过后，粮食就开始青黄不接，家里娃娃多和有老人的，开始在主粮里加野菜了。端午时节，眼瞅着满山的麦子都泛了黄，可干着急吃不到嘴里。只能靠政府发放的几两救济粮，也就是从河南运来的红薯干，掺着野菜和少许杂粮吃。那是我这辈子唯一一次饿肚子的年份，我印象最深的是，弟弟吃糜子面后尿不出尿，二妹饿得蹲墙根站不起来，我吃了红薯干头晕恶心。当时大人们一片恐慌，都觉得是遇上了 1958 年那样的年懂，保不准儿会饿死好多人。各级干部深入到生产队，教育农民不准偷着揪还在发青的麦穗。学校里上课时，老师不厌其烦地讲不准偷麦穗，惹得学生直流口水。还有干部到我家来宣讲政策，我父亲发誓赌咒地说不会偷揪，还说了君子一言、驷马难追什么的。干部走后的夜里，他就背着背篼出门去了。后半夜我透过微弱的煤油灯光看到，父亲躬着腰，背着装满麦穗的背篼，从窑门里进来了，眉毛上挂满了露水珠子。父亲那时候三十五六岁，力气正旺。听他和母亲吱咕着说话，说怕被发现，麦穗只能在麦田里走一段揪一把，为这一背篼麦穗，翻爬了好几个山头。这时候我忽然从被窝里爬出来质问父亲：

"你答应好不揪麦穗的，你说话不算数。"

父亲当时就发起了愣，回过神来后说："我一个农民，又不升官，也不走州过县，说话算数有啥用呢，让你吃饱肚子才是要紧事情。"

"你这是偷东西。"

"偷公家算偷吗？几年馍馍白送到学堂里了。"

父亲的意思是说，我白白上了几年学，偷公不算偷这样简单的道理都不懂。说完就用手按住我脑袋把我塞进了被窝。

我哪里会服气，两只小手抹了半夜的眼泪。我已经是红小兵了，在学校里手握红缨枪，练习护田抓坏人的。老师也教导我们说，只有地富反坏右这些坏分子，才去偷公家粮食的，像我们这样的贫农人家，怎么能做这种事情。偷揪的麦穗，过了一天就被母亲做成了白面饼子，我上学时带不带，这就成了问题。母亲一旁讥笑说，那么嘴硬就别带了。可我拗不过自己的肚子还是带了。到学校里不敢公开吃，只能在上课时间偷偷地掐一块塞进嘴里，嚅动着嘴巴，嚼碎后咽进肚子里。嘴巴都不敢张开，怕同学们闻到了新麦香味儿露了馅。我的肚子因此而没挨饿，可偷公不算偷的说法却让我思想上无法接受。

偷公家的东西就不是贼？父亲的这个说法很奇怪。

没过两天，这事儿可能被队长打探到，很快派一个社员夜间专门去我家盯梢。父亲只好背起背篼，往隔着一条河的镇原县去揪麦穗，抓住麦黄前的几天时间，弄回了几升麦粒，才让我们兄妹五人没出门讨吃要饭，从灾荒中活过来。其间我记住了父亲叹着长气说的一句话："我们小户人家，受大户欺负是天生注定的。"我的家乡在陇东的草峰塬上。我家和叔、伯共三家住在一个叫荒山的偏僻山湾里，离生产队的核心地带有两公里多山路。这个核心地带叫赵湾，聚集着一个已经分散成近二十个小户的大家族，也就是父亲指的大户人家。我家这样的小户，虽说也姓赵，且与赵湾的赵氏家族同为一祖源流，但我们属于沟脑一支，是我祖父拖儿带女入山垦荒，才在这里落了脚。合作化运动中，与大户人家雇佣的伙计和上门女婿之类，一起组成了赵湾生产队。

母亲这时候对我说："你大（爹）揪几背篼麦穗，至多当了一回居溜猫（松鼠），别人家夜里偷分麦场里打碾好的麦粒，人家当的是粮仓老鼠。我两眼直瞪她，压根儿就不相信她的话。父亲就气哄哄地冲我吼："念了几年书了，还算不来账，看来是白吃馍馍了。队里头五个娃娃的家庭有好几户，分得粮食差不多一样多，他们是怎么填饱肚子的？"我不相信有那么多人去偷生产队里的粮食，可也回答不了父亲的问题。

　　去年回乡探亲，为写这篇文章收集资料，我有意识地对这个"遗留问题"做了调研。四十多年过去了，村民们对昔日的这个敏感话题，已经淡定多了。一位大户人家里与我年龄相当的人，谈起这件事情，笑着承认当年有偷分公家粮食的事情，而且他被父辈派到路边放过风、盯过梢。至此我才认识到，当年偷公的并非父亲这样的少数，可也没有认可偷公是正确的。我还了解到，与我们相邻的生产队，每年粮食收割打碾完成后，都会上演诱虎出山的把戏，把驻队干部引到一个僻背地方，温酒宰羊，好吃好喝，粮食被私分过半后，才上报产量和上缴公粮。原来如此，难怪小时候我的那几个邻队的同学，经常吃着白面饼子，馋得我口水都流干了。

　　父亲因为力气好，身手敏捷，在偷公上有些名声，可并无贼名，因为当时我们乡下人认为偷私才是贼。父亲在这个问题上，竟然也是泾渭分明，眼睛里揉不进沙子。下面的一件事情，足以说明这一点。

　　一次我放学回家，做作业时发现铅笔忘在了学校，来回近三公里的山路，父亲硬是要我走夜路去把铅笔拿回来。学校在悬崖边半山腰上一处废弃的古庄院里，教室是窑洞，煤油灯都没一盏。夜里摸进去的确恐怖，几排泥土台子（课桌）摸遍了，就是摸不到我的铅笔。很丧气地耷拉着脑袋出门时，感觉脚下踩了一个筷子似的东西，弯腰摸着拾起来，借微弱的月光看，是一支圆珠笔。圆珠笔身上的毛主席像还带着夜光。说实话我很喜欢，没多想就塞进衣兜里揣回了家，夜里在被窝里偷偷地欣赏那一缕夜光。

　　第二天一早背书包出门时，圆珠笔被父亲发现了，他厉声斥责我这是偷东西。

"拿人家东西是小贼娃子你知道吗？"

"你偷公家的麦子，你是大贼娃子。"

"从小偷针，长大偷金。"

"年轻偷麦子，老了偷银行。"

这下把我父亲给气炸了肺，转身就跑向窑门后边找放羊鞭子。我知道情况不妙，扔掉书包撒腿就冲出了院门。

我家门前是陡峭的山坡，坡底是山崖，山崖下边是河谷，过了河谷爬上一座大山，就到了我外奶家。那里是我年少的岁月里，唯一能够收留我落脚的地方。我于是像惊兔一般扑下了山坡。因为人小身轻，一路上遇着许多不高的梯田盖堎和土坎，我就一弯腰溜下去，或跳下去。父亲身重，得顺着平缓些的小路追。可他步子大，跑得快，总能追着我，我觉得当时眼前如果有个悬崖的话，一定会扑下去。追了有个把小时，父亲终于落败而去。过了两天我母亲来接我，听她说父亲没追上我，哭着回家了，捶胸顿足地给人说他后悔了，差点儿把儿子追下了悬崖。我于是才消了气儿，回了家。

1978 年的深秋季节，父亲带我去卖麦草，一先一后各拉着一辆装满谷草的架子车，卖给几十里外的部队营房。谷草是私人自留地里产的，一大家人指望它换冬衣、过年和给我交学费。卖完回来已是深夜，伸手不见五指，耳朵里全是玉米（苞谷）叶被风吹打发出的沙沙声。我当时十四岁左右，疲惫不堪，睡在空着的架子车厢里，父亲用绳索把两个车子连在一起拉着走。路过明星村的大坳里，他突然停住了脚步，一把推醒我，让我看护车子，他要掰些玉米棒子回去。我当时就慌了，愣在车子上不说话，心里害怕田倌手持铁锹从黑暗处冲过来。父亲似乎对我的怯懦很生气，冷冷地说："田倌早睡成了死猪，你坐着等就行。"说完身子就闪进了漆黑的玉米地。我则把破棉袄捂到头上，大气都不敢喘，耳朵里全是玉米叶子发出的鬼哭狼嚎声。

没一会儿工夫，父亲怀抱着几十个玉米棒子，钻出了苞谷地，棒子之间用包皮挽在一起，搭满了两个肩膀。回去的路上，父亲主动和我说话，显得很兴奋，就像个打了胜仗的士兵。我还没从恐惧的阴影中走出来，总是担心前边有人会跳出来，大喝一声，拦住我们的去路。

"我们同学的爹被抓住了，背着一大背篼玉米棒子，站在会场上挨批斗，晕倒摔得不会说话了。"我说。

"那是笨贼。"

贼还分笨巧，真有意思。当时我觉得自己从父亲的话里抓住了把柄，他终于承认偷公也是贼了，我想借机再问问父亲，可没来得及问，就到了家。天还没亮，母亲就煮出了一锅热气腾腾的、香香甜甜的嫩玉米。看到一家人兴高采烈的情景，我就没有了再去质问父亲的勇气。

当然，我也看到过父亲偷公走麦城。

那是一年的寒冬腊月，大雪封了草峰塬上龙爪坡的盘山公路，拉运化肥的汽车无法行走，严重影响了农业学大寨运动。县上紧急发动社员和学生去铲雪，我和父母都去了。其间有一辆卡车从我们身边经过，车轮上绑着防滑铁链，马达嗥叫着像老牛似的，爬行在陡坡上，上边拉着一摞摞的黑白粗瓷碗，都用草绳捆绑着。那时候我不留神砸碎一个饭碗，屁股上是要挨好多巴掌的，家里来了客人，经常为碗不够用而发愁。父亲在关键时刻显示了他的敏捷身手，纵身跃上了卡车，抓起一摞摞瓷碗递向车下，伸手接的社员围成了群。卡车爬过陡坡时突然加速，他未来得及跳下车，被拉着跑出了我们的视野。天黑时分，父亲回到家里。鼻青脸肿，没和我们说话，也没进灶火窑里吃晚饭，直接上炕钻进了被窝。

1979年我们村庄开始承包单干了，这时社员们的偷公现象近乎公开化了。原因是公社、大队、生产队相继解体，社员们不畏惧那些恶狠狠的干部了。偷的目标不再是粮食，而是集中在了集体林木上。因为离村庄远，数目不详，不易公平分配，弄不好会被干部们私卖私分。那年的冬天，我家的狗整夜着汪汪，听父母说，偷树贼们夜路上遇见后，相互还借火点烟。不过，这段最疯狂的偷公日子里，父亲却没什么作为。当时我们家在塬上急急忙忙地修了一处窑庄，还未来得及挖好窑洞。父亲趁夜把已经解散的大队林场里的苹果树和杏树，连根带泥刨出，扛着走几公里山路，移栽到新窑庄大门外，一夜往返一次，栽好一棵。可就在他前脚离开后，后脚就不知什么人，又移栽去了不知什么地方，父亲为此异常沮丧。

那时候我辍学在家，准备年底报名参军。

一天中午我从塬上回来，老远看到大妹妹攀爬上了我家仅有的一棵大榆树，伸手撕扯架在树杈上的一个喜鹊窝。入冬不久，家里就没有柴草烧火做饭了，一大锅汤面条，拉了一上午风箱，都没烧开。以前偶尔可以去撕扯一点儿公家的柴草，现在都已经分到户，变成耕牛的口粮。喜鹊在陇东乡下被认为是神鸟，叽叽喳喳叫几声，会被看作贵客到来的信号，伤害它被认为要遭报应。大伯母老远看着骑在树杈上的大妹，吓得惊慌失措，劝她赶快住手。大妹左手执木棒拦挡轮番扑向她的喜鹊夫妻，右手撕拆喜鹊窝上的枯树枝，把窝拆得四散，窝里的一只小喜鹊受到惊吓，扑出来被寒风挟裹着跌落到了地上。我看到后冲大妹喊让她住手，说烧柴的事情交给我，于是回家提起一把老斧头，飞快地跑向了山下河谷深处的一片槐树林。

我们那里生长的槐树，木质过于柔软，盖房做家具都不成，优点是繁殖能力强，栽种主要为的是绿化和水土保持。在那个初冬午后的夕阳下，我猫着腰顺着河谷走，真像做贼似的窜到了槐树林里，瞅准我能扛动的小槐树就砍。斧子的声音很大，惊得崖娃娃（山谷回音）乱叫，砍几下我就跑远藏起来，害怕有人来捉贼，等半天没动静了，再返回去砍。事实证明我多虑了，当时村民们都一心扑在自家的承包地里，侍弄庄稼，恨不得在田里绣出花来，哪有心思留神山沟里的那几棵不成材的歪脖树。

后来的几天里，我用稚嫩的肩膀扛回了砍倒的槐树，摞成了一个很大的柴垛，赢得了父母少有的夸奖。我完全没有意识到，最激烈地反对父亲偷公的我，竟然也不知不觉地加入了偷公的行列中，干起了贼的行当。有趣的是，多年以后我在部队与一位江苏的战友聊天，他也坦承自己那时候干过偷树的勾当，只是他在平原上砍伐，不会有斧子响动的回声，他是在树倒的那一瞬间发出响声时，才躲藏起来。看来那时候的人的确都是穷疯了，哪里的喜鹊都难保住窝。

村民大面积偷抢林木的情况，最终还是引起了政府的重视，听说导火索是有人胆大妄为，偷伐了公路两旁的许多大树。县上派人挨家挨户要搜了。母亲吓得大哭，怕抓住了影响我年底参军，就急着把背回家的槐树枝尽快烧完，灶膛里烧不完，就往土炕里边塞。

　　那时候的一个夜晚，我做了一个梦。梦见自己睡在一个火盆边上，火大得像村头盛满水的涝坝，烤得我浑身疼痛，可身子就是动弹不得，急得哭叫和撒尿。后来似乎从梦中挣扎醒来了，发现身边的确有一摊火，伸手一摸，烫得我惨叫连连。父亲听到后从另一个窑里跑过来看到，炕上新缝的被褥不知什么时候着了火，烧得只剩下了被头被尾。这是家里卖了一年的鸡蛋钱，和把一家人剪下的头发卖了，凑一起置办下的，我和弟弟当时就没了盖的。早晨，父亲把家里仅有的一坛菜油提到集市上卖了，天黑时分买回了棉花布匹，母亲赶天亮缝出了新被褥。

　　年底我报名参军，最害怕偷公的事情被人揭发而受到影响，幸运的是这事儿并没发生。我顺利入伍，并在部队服役了24年。

　　2003年我转业离开部队，在南国之滨的北海定居后，接我老父亲来居住了整两年。他老人家此时已近花甲之年，弯腰弓背，两鬓斑白，我也由一个懵懂少年变成了老气横秋的中年人。聊起过去的生活，我总是小心翼翼的，怕触动了父亲内心里那些敏感的神经。不堪的往事，还是不提为好，免得伤感。我能感觉出父亲的心态也是如此，可无意之中的一件小事，还是让我们父子之间发生了些许的难堪。一次我找师傅重装了阳台的推拉门，换下来两大块玻璃。父亲问我，这么好的玻璃怎么换掉了，我说统一安装的这便宜东西有啥好的，说完就让师傅搬下楼，丢弃到了垃圾箱旁边。哪里知道父亲悄悄溜下楼，怀抱着那两块玻璃去废品站卖钱，没卖掉又抱了回来，搁在一棵大榕树下休息，向熟人打听收购的地方，两只手掌被玻璃割破，手上、胳膊上、衣裤上到处血迹斑斑。看到我走过来了，父亲低头不语，拾起地上的榕树叶擦揉手上的血，我看到后心里不是滋味儿，自责没给父亲把话说准确。旁边站着的老伯告我："你老爸说，公家的东西扔了可惜。"听明白后我心里猛地疼痛了一下。

晚上我思考再三，想单独跟父亲聊一次。我觉得尽管父亲不识字没有文化，可有些事情，还是给他老人家说明白为好。我想说的是，公家是由好多个私人组成的，公和私是分不开的，偷公实际上也是偷私。可顾虑父亲年纪大了，性格固执，又客居在异地他乡的儿子家里，整天还嚷嚷着要回家，我说出这些文绉绉的语言，他不一定能够理解得了，弄不好还以为是在教训他，思虑再三，还是没开得了口。

没过多久，又出了件小事。一天午后我去上班，刚出门遇着父亲外出遛弯回来，手里提着二十来斤的一袋米，嘴里喘着粗气。

"咱们家有米，您这是……"我问。

"北门外的超市里的，我顺手就顺了出来。"父亲的语气里充满着得意扬扬。

我当时就懵了。

我立刻联想到不久前与父亲的一次聊天。他当时问我，北门外的和安超市，是公家的还是私人的？我了解到那是老牌商企南宁百货公司开的，应该是国有控股吧，就随口说了一句："公家的。"没想到又酿成了现在这样一个"惨剧"。

当时我的脸色肯定变得很难看了。尾随父亲进了门，我嘴里想说的第一句话就是："公家的东西也不能偷。"可能还会伴随着一腔怒火，字句像打枪一样，从胸腔中喷涌而出。可是我没有，我只是咬着牙压着嗓门轻轻地、一个字一个字地说：

"上次我说错了，那个超市是私人的。"

父亲没说话，像个知错就改的好孩子似的，提着那一袋米转身就出了门。我跟到门口时，瞅着父亲的背影望而却步了。超市有监控，有收银，有出入检查……那一刻我想了很多。转身回屋里生闷气，没几分钟父亲就回来了。带着失望的口气冲我发火："也不说明白，几十岁的人了，连公私都分不清楚。"

我听了哭笑不得。

我再一次觉得，有必要给父亲严肃认真地谈一下公与私的问题了。我把时间预选在了晚饭后，打算动员他疼爱的孙女和孙子加盟，好有个融洽和谐的气氛。遗憾的是，饭桌上我又一次改变了主意，我看着父亲的满头白发犹豫了。万一谈僵了，正好成了他回去的借口。而且我们父子之间早已模糊的"鸿沟"会再一次清晰起来，这又何必呢。

叶落终要归根，不久父亲执意回家乡生活了。

后来我回故乡探视他，他多半都在病床上。我竟然又听到父亲在病情缓解时，给他的病友吹嘘当年偷公的战绩。我能接上话茬跟他谈些什么吗，我觉得不能了。

我只能一声叹息！

种地

我与父亲关于种地的矛盾，是从 1980 年底开始的。我们家是贫农，父亲还当过贫协组长，按说应该是新中国土改政策的受益者才对，事实恰恰相反。吃大锅饭的年代里，我们那儿每户都保留了少量自留地，它的存在使农民拥有了最后一根救命的稻草，侍弄好了能保证一家人的基本口粮。可由于二十多年从未调整，我家七口人，只拥有父亲和小姑出嫁后留下的两份自留地。父亲比别的农民更盼望拥有自己的土地。

联产承包后，家里一下分到了三十五亩地。父亲回家就说他已经是个小地主了，显得得意扬扬。我说你是党员，却净说反动话。我母亲骂他是饿狗见食胡汪汪。父亲却说，现在的政策不就是让人争着当地主嘛，他就要过成个地主，给村里那些小瞧了他的人看看。

"地主是剥削穷人的。"我说。

"我要当个好地主。"

"地主还有好坏？"

"当然有的。借粮食不用小斗借大斗还，还不上欠账不用押田地，少收些租，给伙计吃好些。"

"哪来那么多地让你当地主？"母亲说。

"别人种不了我就包过来。"

我很反感他要当什么地主，也没全听懂他说的话，可隐隐约约能感觉到，这些都与他小时候当长工打短工的经历有关。后来也渐渐明白，他所谓的当地主，其实就是后来所说的当种粮大户，政策鼓励还来不及呢。

接下来我当兵在外五年，家里的情况只能从书信往来中有个大致了解。为了增加劳动力，父亲没让两个年幼的妹妹入学，大妹和弟弟先后辍学回了家。当时报纸上的消息，都是乡下出了多少万元户，城里出了多少个体户，我看了心里不是滋味儿。1986 年我从部队第一次回家探亲，看到父亲时的感觉，只能用"震惊"二字来形容。不到五十岁的人，已经满脸褶皱，双手如钢叉一般粗硬。母亲也因为过度劳累，变得衰老了许多。可以肯定的是，由于守旧和固执，父亲五年来的"当地主"事业失败了。原因是我进家门后吃的面粉，都是从别人家借的。我经过了解发现，失败的原因是逆反心理和保守思维作怪。拒绝生产队里的种地套路，不使用花钱多的化肥，改种老祖先的白玉米（苞谷）。这些是谁都改劝不了父亲，他犟起来八头牛都拉不住。

我在宁夏和河西走廊当兵时，很注意观察驻地农村的发展情况，觉得我们老家草峰塬上塬少山多，靠天吃饭，种地辛苦劳累，不会有什么好前景。父亲年过半百，生产队里已经耗尽了一身蛮力，外出打工只能搬砖背水泥，也干不了几年。不如在镇上开个小店，弟妹们外出打工，母亲干点儿家务，种几亩麦子够一家人口粮，我再接济点儿零花钱，就是个好日子。往后弟妹各自有了家庭，老两口守个小店混日月，也不失为养老的好办法。为此我试着从兰州发运回来几包外卖的军品服装，想拉着父亲到集市上练练手，还谈妥了在就近的代沟圈小镇上建铺面房的事情。勉强拉父亲去了一回集市，他却瞪起眼睛瞅着上门的顾客，跟见了仇人似的，一句话都不愿意说，没待一根烟工夫，就撒腿回了家。

问起今后的打算，父亲说农民天生就是种田的，搞那些邪门歪道不是正路。五年没种成庄稼算不了什么，他现在是背着手撒尿——不服，还不到我管吃喝的时候。言辞慷慨激昂，有一种屡败屡战的悲壮感。我当时尚年轻，对于自己的计划也不很自信，每月工资才百十元，还要考虑成家立业，给父母也接济不了多少。一句话，腰杆还没硬起来，当不了父亲的家。

父亲的种田事业进行得异常艰辛。大妹出嫁而去，弟弟因不满父亲的治家和领导方式，婚后不久就分家另过了。父亲率领的六七个人的劳动团队，只剩母亲和两个年幼失学的小妹了。种二十多亩田，饲养一群羊和一圈耕牛，拼着死命过日子。三年后我回家看到，家里收的粮食的确是比过去多了，可父亲累弯了腰，二妹到了出嫁年龄，背却累驮了。母亲更是满肚子的苦水和委屈，她因为身体衰老跑不动，放羊时羊群抢吃洒了农药的麦苗，五只羊被毒死。为此多次惨遭父亲的毒打，不是村民拉劝的话，早跳了悬崖。

我问父亲家中的光景，父亲乐呵呵地说，很好。指着柳条织成的两个粮囤说："自从祖先来到这个荒山里，已经三代人了，哪里有过这么多的粮食，白面馍馍哪这么吃过，过年猪肉炖粉条都随便吃，以前大户人家也不过这样，我们的日子过起来了。"说话的口气的确有些像电影上的地主。

"您这样不顾死命地干，收这点粮也是亏本的。"我并不认可他的看法。

"麦子都堆成了山，亏什么本？"父亲听到我给他泼冷水，脸就拉了起来。

我耐心地给父亲讲，使在地里的力气，也和化肥、种子一样是值钱的，城里人叫工钱。这两囤麦子的收成，减掉化肥、种子和工钱，可能还要亏本的，比不上打工挣钱买粮食划算。父亲听了就怒气冲冲，说庄户人家吃自己饭，睡自家炕，喝沟里泉水，要什么成本，人老祖辈不知多少代了，哪个农人的力气算过成本，又不是背井离乡的生意人。这样就跟我抬起了扛。父亲一辈子都以我这个当军官的儿子为荣的，对我说的事情几乎是言听计从，唯独在劳动力成本这个问题的看法上，死活都不给我让步，直到去世我都没有说服他。一次他反问我说："你在部队干工作，领的工资里，除过工钱赚到了多少？"竟然把我也给问住了。

父亲种地的热情空前高涨，几乎到了狂热的程度。种地的目的主要是为卖粮，家里人实际吃不了多少。卖粮也主要是为购买各类种地的资料，年复一年，循环往复，其目的就是在这种滚雪球的过程中赢得利润。两个妹妹出嫁留下了承包地，加上揽种别人家的撂荒田，父母二人坐拥了二十多亩承包地。为赚利润就得勤俭节约，降低成本，在这方面父亲绝对是一个榜样。我亲眼看见他把掉到灰尘里的面条，拾起来放进了自己的嘴里。村里有人批评我少见多怪，说他们常年与我父亲打交道，经常看到他把从牙缝里剔出的菜叶，都又送进嘴里咽进了肚子里。我在城里拿着工资旱涝保收，父母面朝黄土背朝天，辛苦劳作，我于心不忍，接济他们自然是应该的。每次给的钱，都投进了种地的成本中，家中常年都不买二斤肉吃。我们一家三口每年回去探望父母，面对的都是粗米淡饭，妻女多有怨言，我左右为难。父亲却板着脸说："农人的日子就是这样，要怎么样？"最可怜的是我的母亲，没有办法摆脱父亲的"绑架"，没过上几天轻松日子。

尽管父亲很固执，可几年后显现出的差距，他还是能够看得出来。外出打工的人家，瓦房一间间地盖了起来，父母还住在土窑洞里。究其原因，主要是化肥和农药涨价太快，粮食价格却稳如泰山。当父亲认识到这个问题后，据说曾经火冒三丈地去找过村干部，为此骂天骂地，怒不可遏。还在电话上要求我给省里或中央领导写信，甚至代他上访。他太把自己这个当小军官的儿子当人物看了，我只能在小报上发几篇牢骚文章而已。除此之外，只能敷衍应付。电话里给他说，领导不敢涨粮价，涨了要给城里人发放粮食补贴，人多发不起，父亲就不再说话了。

收麦时节我回过一次老家，又与父亲争辩了一次种粮亏赢的问题。那一年遭了旱灾，父亲种在深山里的近六亩麦子，每亩只能收三百多斤。这时候他和母亲已年老体弱，不能入山下地收割，只能雇请麦客。按当时的人工收割价，再加上后续拖拉机拉运和机械碾场收装，开支完全抵销了两千斤麦子的销售收入，还没算前期的劳作辛苦和种子、化肥投入。

"不用收割了。需要就掏钱买，别人会送上门来的。"我说。

"胡说，人老祖辈的，谁把长熟的麦子扔到山里喂麻雀老鼠？"父亲怒气冲天。

"收和不收一样的，再伤身劳神去折腾，实在就算不过账了。"

"虽然收了不赚钱，可有两千斤麦子在啊，能吃到外国人的嘴里吗？"

"这个……"

父亲的话，我还真是回答不上来。

回到兰州后，我认真思考了这个问题，又观察了粮油市场的最新情况。原来市民的粮油补贴早已取消了，米面供应和价格问题已经不再是一个话题了。看来父亲这样不计自身苦力成本的一批农民，给国家和社会的确是有大贡献的。

后来家里装了电话，一家人的交流就更多了。父亲兴奋地告诉我说，种地不交公粮了，还发补贴款。他还说好多的山坡地都撂荒了，丁壮劳力都进了城，哪里来那么多粮食，我说是科学种田产量高了，你们这些老农早该收摊了。父亲就再不吭声。突然有一天父亲来电说，他从电视上知道国家大量进口粮食，还怨我净骗他。

父亲要种地，母亲就得陪着种，可她身体吃不消，别人又劝不住，这成了一个棘手问题。老两口为此经常斗嘴怄气，甚至拳脚相加，成了村里茶余饭后的谈资，弟妹们都非常难堪。我多次回家苦口婆心相劝，说国家领导人七十岁都该退休了，父亲却说，国家领导人有退休金他没有。我说我肯定会养你啊，他说自己种着吃自在。

2008 年父亲查出有轻微心脏病，我们全家合谋将病说重了些，说必须去外地的大医院检查，才哄骗他到北海我家居住，主要目的是彻底结束他的种地事业。

父亲在北海的日子里，有些像熬鹰。我们的目的是想让他忘却土地和庄稼，回去后能安安稳稳过几天清闲日子。就像笼中的鹰忘却天空和翱翔，最终能够听从猎人的指挥。我和爱人、孩子与父亲聊天时，都小心翼翼地避开种地的话题，尽量延长他的居住时间，增添他的生活乐趣，争取尽快达到目标。

一次父亲拾到一捆麻绳和一个木算盘拿到家里，夜里拨得算盘珠子啪啪响，还叹长气，我和妻子听着就紧张。不久又发生了一件趣事，父亲与院里的老人聊天，都吹嘘自己过五关斩六将的历史，父亲板着脸伸了两个指头。第二天就有人告诉我妻子说，你家阿公有两千万。这两个指头到底代表多少，一家人都急着要问父亲，我解释了半天，才给父亲解了围。过年时战友的家人请吃饭，饭后在酒店门口放烟花，父亲专注于看热闹，把战友的父亲交他保管的一瓶陈年茅台忘在街边了。当他知道这瓶酒值几千元时，脸上顿时变了颜色。回到家里一直念叨说，这酒值好几亩麦子。一天夜里，我在书房写稿子，父亲起夜后顺路推开了书房门。他问我说，你这么点灯熬油地写文章，除过工钱能赚多少，我说现在写文章赚不了什么钱。父亲又问那为什么还要写，我说主要是爱好写作，也算有个追求。他就又板起脸跟我说，你爱好写文章，我一个农人怎么就不能爱好种地，就不能有这个追求，我一时不知该怎么回答他了。夜里我久久未能入眠，思忖良久，对于父亲如此执着于种地，似乎有了一些理解，也想起了他以前说的，要当一个好地主，把日子过起来的那些话。我的作家梦虽然还没有实现，可毕竟正处壮年，而且是脑力劳动，只要努力总还有些希望。父亲已经年老体衰，他的理想因为时运不济无法实现，只能抱憾终生了。

北海生活两年之后，我送父亲回到了故乡。

两年时间家乡变化很大，最突出的是，种玉米能赚到钱了。具体来讲是，新品种玉米产量每亩过了千斤，是小麦的一倍还不止，市场价格和小麦相差不多，且销售渠道畅通，前景广阔。

我返回北海没几天，父亲就扑向了田地，开始折腾种植玉米，没有谁能阻拦得住。据弟弟来电话讲，父亲在城里生活了两年，眼界大开，有了经营眼光。他弃耕了远在深山里的全部承包地，把家门口的四亩平整塬地全种了玉米，看架势是要大干一番。我听完长吁了一口气儿。

手机彩信和微信先后普及了。弟弟和邻里亲朋给我发来了一些图片。父亲双膝跪在地里，双手托着长嘴水壶给玉米苗浇水。几乎是趴在地里拔捡杂草，身体瘦成了一副骨架。有一次，我回青海，顺路回家看到，父亲竟然不使用家里的抽水马桶，上厕所直接去玉米地里，说是为给玉米增肥力。他种的玉米长势的确好，绿中透黑，跟抹了油似的。村里人都夸他种地有一手，他得意扬扬。我再劝他不要种，根本搭不上话。他说让我干好自己的事情，别扫他的兴，感觉就如一个老赌徒，正处在赢钱的运头上。村里人告诉我，父亲的绝活儿不是种玉米，而是卖玉米。玉米在初冬时节脱粒入仓，粮贩子就找上门来了。价格最高的时候，一般在翻过年至麦收前，跨过高峰期价就塌了。可谁也摸不清高峰在什么节点，都胆小早早出手了。只有父亲稳坐钓鱼台，年年卖高价，从未失手过。我哀叹父亲没文化也没机会闯入股市，不然一定会摸准股市走势，赚他个盆满钵满。

父亲先后两次病重住院。第一次我赶回平凉在医院陪他。其间我一直观察他情绪变化，看有什么心事，或要交代什么事情，好像都没有。如果有学生来探望，他就显得很高兴，反复唠叨的几句话，让我至今难以忘怀：

"好好念书，将来考上大学，不要像我一样，跟在牛屁股后边转悠一辈子。"

"长大了一定抱他个铁饭碗，日头热不着，雨雪冷不到。"

"万万不要当农民，遇着年馑了没吃没喝，挨饿受冻的。遇着好年月了累死累活，手里捏不了几个钱。"

第二次住院是弟弟操心经办的。据他说当时父亲已经病入膏肓，身体被抬上车时，一只手指还指着院里的一堆玉米棒子，意思是尽快脱粒入仓，别没人理埋入深冬的雪堆之中。

父亲留遗言说，将他的存款分给四个孙子孙女。去世后，我们清理了遗物，确认他和我母亲的积蓄，共计没超过四万元。长孙、长孙女分别是哈工大和港大研究生，次孙、次孙女也先后就读于重点大学，都表示不要这个钱，理由是不忍心。

尊严

说来真是不孝，我自记事起就开始与父亲发生矛盾。

那是在1972年我刚上学不久，一次父亲给生产队卖羊，路过学校给我带了两张土豆饼。教室在草滩庙院里面破旧的戏楼上，木门被吱吱嘎嘎地推开后，同学的目光都转了过去。父亲剃着光头，手执羊鞭，腰扎草绳，手上提个布袋，裤脚挽到了膝盖。递给我饼子出门后，老师说："看清了没有，放羊娃就是这样的，进来不敲门。"

同学们瞅着我哈哈大笑。

　　没多久学校登记学生家庭情况，我和多数同学都填报自己的父母是社员，有同学举报说我造假，应该是放羊娃，还被老师表扬了。还重提了父亲送饼时的情景，教室里又一通哄堂大笑。我站起来争辩说，放羊娃就是社员，老师很不耐烦地解释说不一样，说社员在田间搞农业学大寨，放羊娃蹲在山沟里胡球唱乱团（山歌），教室里的笑声更大了。我思忖了半天，想到生产队里有三个放羊娃，家里有学生的就我一个，心中不由自主地自卑起来。

　　这大约是我第一次审视自己的父亲。放羊娃和社员有什么不一样呢，这是个问题。后来我观察发现，生产队开社员大会不叫父亲参加，学校里选家长代表参加批林批孔大会，不选放羊娃。我不服气去问老师，老师说放羊娃整天跟羊打交道，哪知道什么仁义道德，听了也没用。我回家后就质问父亲，你为啥要当放羊娃，父亲说，放羊娃有啥不好。想睡哪儿就睡哪儿，想什么时候出山就什么时候出山，自在。母亲也在一旁帮腔说，你爹从小放羊习惯了，顺便可以打些柴草，弄些粮食回来，不然你们兄妹五个怎么吃饱饭呢。

　　母亲的话当然没有说服我。因为后来我发现，父亲常被人看不起。村里有些小孩见到父亲都是直呼他的乳名，有的甚至直呼他的绰号，他也不发火，还乐呵呵的。村里还流传着我爹的许多很丢颜面的故事，比如说放羊时趁山沟里无人，脱下自己的裤子在河沟里洗，洗完搭河岸的草滩上晒，自己光屁股放羊，裤子被其他放羊娃藏起来没法回家等。有的同学知道我爹是放羊娃后，还借机凌辱我，为此我没少掉眼泪。那个时候我心里就很自卑，我爹为什么是个放羊娃。

一次不知为什么事情，父亲向我发火，我就冲他喊："放羊娃，放羊娃。"父亲愣了一下，挥起笤帚打我，我不躲不跑，伸给屁股让他打，咬起嘴唇，眼睛直勾勾地瞪着他。父亲打了几下没意思了，叹着长气转身走了。往后我就不正眼看父亲，也不太愿意跟他走在一起或说话。

　　1975年夏天一个中午，我家来了一位贵客，公社驻队工作组的刘组长。刘组长是下基层来我家吃派饭。五十多岁，矮胖，络腮胡子，外地口音，据说是位军转干部。干部吃派饭一般都去富家，我家偏僻路远，土炕上滚着几个光屁股娃娃，长年屎尿味儿，生产队长都很少进门。母亲那天做面条时，把猪油罐清了底儿，父亲激动得有些荒乱，转身时屁股把搁在炕沿上的一碗面条碰落在了地上。刘组长来吃这顿饭有目的，他想重用我父亲当生产队长。原因是几任队长都与成分不好的大户人家有瓜葛。还说不识字没关系，能挥手指方向就行。吃完饭留下了二两粮票和两角钱，粮票被父亲放到柜里珍藏好多年。

　　父亲当队长的具体过程，我没多少印象。只记得他找人把我家最值钱的家当，一条长长的黑羊毛口袋拆了，改做成能遮住屁股的长马夹。这条口袋父亲平时放羊时搭在肩上，可以铺在地上睡觉，顺便还能"稍带"点谷穗、玉米棒子什么的回家。这时候改造了它，为的是从山里背粮食时做背垫，也意味着父亲不再当放羊娃了。

　　一天我放学回家刚进院门，几个弟妹先后就从我身后闪过去，冲进灶火窑里，挨着告诉母亲："我大（父亲）的队长倒台了。"据我母亲后来讲，父亲倒台的原因是没人听他的。多数社员都是从一个大家族里分家出来的，因为成分不好，受政治上的压制，他们不自觉地形成了抱团取暖的习惯。队长不中他们的意，他们就消极怠工，装聋作哑，敷衍应付，上面的干部总不能整天陪在队长身边。据说父亲下台时还发了一通牢骚，说是当队长不如放羊好，畜生比人好打交道。又说你看着狗咬狗，等你走过去，一群狗就扑向了你，等等。还被人围攻，身上挨了好几拳，脸上被吐了唾沫。

刘组长又让父亲当了出纳。至于父亲不会写字和打算盘，他说让我这个聪明儿子当帮手没问题。账目也简单，都是些粮食、化肥、牛羊、农具之类的出入库和收支情况，一月半载记一次就可以了。没多久，我就在父亲面前拿腔拿调起来，甚至还使性子、谈条件，说话也模仿老师的腔调，父亲显得失望和无奈，说他这个儿子白养了。后来干脆去求队里一个叫福郎的瘸子帮他记，每记一次父亲下深沟里挑一担水送到他家，听说那时候瘸子家的猪都是洗澡的。

农村搞联产承包之后，父亲有了再次建立尊严的机会。我很清楚地记得，他让我辍学回家时的严厉神态，如同他呵斥一群羊，语气粗暴又不容改变。他一定是想起了我帮他记出纳账时，没有好好配合的事情。我不愿意守在深山里种地当农民，与他多次争吵冲突，甚至还跳过一次高崖。如何逃出牢笼，偷偷报名参军成了唯一的出路。开往宁夏军营的轿车开动时，隔窗看到了跑步赶来的父亲，面黄肌瘦，衣衫褴褛，我不由自主地流下了眼泪。这是我面对父亲流下的唯一一次泪水，后来他去世后都没有流过。

到部队后我长时间未给他写信，心里老琢磨着复员后不回家而是去南方打工，甚至想过流浪。后来考上军区教导队，直至提了干，我都未告诉他。因为辍学的事情，我心里总憋着一口气，不愿意与他和解。以至于他不知情，还为我订了一门亲事，白白花掉了三百多元。这在当时是个不小的数目，我对此深感内疚。

1986年我第一次回家探亲，看到才五十岁出头的父亲，脸上已经布满壕沟。见到我这个久别的儿子时，并没有我想象的那么兴高采烈，只是叹着气儿说，端上铁饭碗了，以后再不愁吃喝了。父亲一定是想起了让我辍学的事情，他的长吁短叹是心生愧疚，还是别的什么，没有人能够知道。之后几十年里，我们父子之间一直没有触碰过这件事情。家里待了十多天，多是走亲串友，父亲陪伴在我身边，都是默不作声。父亲是个很爱说话的人，喜欢抬闲扛的。来人吃饭他让我陪，去别人家也推我坐上席。起先我以为他让我这个挂军衔的儿子撑门面，后来发现不是那回事。父亲与我单独走在路上时，也老往我后边遛，低着头猫着腰。说话办事也尽量顺着我，就像以前他遇到了公社干部。他种地"当地主"的事情，也是在我面前遮遮掩掩，等我走了才放手大干。在一个小排长面前，自己的父亲都低头半尺，天下种田人的尊严在何处？

有了我这个有出息的儿子，父亲神气大长，在村里广受尊重，这是毫无疑问的。老家有人来兰州到我家吃过饭，找我帮忙买过火车票，借过一两次路费，回家后就在村里说，我办公的楼道里铺着地毯，出门能跟首长坐小轿车，坐火车睡卧铺还不花钱，逢年过节家里好吃食堆成了山。我父亲听了就很高兴，见了在城里工作的其他人回来，就会主动问人家坐没坐过小轿车，不花钱能坐上火车吗，过年发了几条带鱼之类。他问得很认真，也很得意，听的人就嫌烦，甚至很嫉妒。说你儿子在外边坐金銮殿,我们也没看见。父亲觉得没了趣,才不再问了。村里曾经流传过这样一个笑话,说是代沟圈集市上,几个老汉闲聊,都叹自己命苦,被人瞧不起。其中一个的儿子是警察,其他人就说,那你是警察他爹,牛着呢,其他人也都跟着举大拇指。父亲正好在旁边,有人问他说,你儿子在部队当什么官?父亲说听说是连长,那人说连长和村主任相当,那你就相当于村主任他爹了,父亲听后得意扬扬。邻村的一个酒鬼正好在场,回去的路上主动和我父亲聊天。他鼓励我父亲说,你儿子往后当了营长,你就相当于镇长他爹,当了团长,你就相当于县长他爹,而且会升个没完没了。我父亲听了高兴,拉这酒鬼到我家喝酒,没多少时间,就把我藏在老家的两箱酒喝了个底儿朝天。这个笑话可能是真的,因为父亲不胜酒力,两箱酒的确没了。后来父亲总是关心我的升职问题,见面或通电话,总要打破砂锅问到底。我心里也明白,父亲对我的期望不小。

　　后来我升了正营,父亲果然有了升为乡长他爹的感觉。一天镇长带工作组到我们赵洼庄,召开现场会帮村干部讨要提成粮,召集来了附近四个村民小组的农户。参加会的农户叫苦连天,说负担不起,却敢怒不敢言,因为镇领导以收回承包土地来威胁。这时候我父亲霍地站起来了,迈着大步在会场上转起了圈子,一边走一边大骂村镇干部是吃人贼。红头黑脸,怒发冲冠,没人拦劝得住,引来一片喝彩声。放羊娃出身的父亲,很少在人前头说过话,我不知道他如何能有这样的勇气。故事的高潮是,镇长忍受不了要动怒,忽然有人喊叫说,这老汉的儿子是营长,听说最近要升团长了,镇长支吾了几句就撤走了。这个时候应该是父亲一辈子最有尊严感的时候。

2003 年底，我从部队转业，准备举家南迁，临行前特回故乡探望父母。见到父亲后，他急着问我转业后当了什么官，我说啥官也没有，自主择业。怕他听不懂，又解释说就是自谋生路，父亲当场就有些蒙。

"跟打工一样？"

"差不多。"

接下来再说话，父亲就拉起了哭腔。我解释说，自己适合到社会上闯荡，他说政府的大腿最粗，抱住了才有饱饭吃，不然就是瓜（傻）子。我也有意识回避了这样一个事实，凭自己这样的正营职，就算安置进了政府，也可能没有合适的职位给我。又怕再解释他会号啕大哭起来，索性就没再吭声。夜里我试图进一步解释，说今后每月会领到退役金，房子也会有，生活没有问题的，意思是让他不必担心。父亲听了更生气，说现在都啥年代了，谁还缺吃缺喝，村里打工的都在平凉城里买了房子。我这才意识到，父亲是怨我没当上官，没光宗耀祖，真是让他老人家失望了。

夜里我和父亲睡在一个炕上。他似乎一直未入眠，时不时地翻身叹气。我也装睡，脑子里净想些乱七八糟的事。我不由得想起一个战友给我讲的故事，说是他们单位有个副团职干部，转业后无论如何都不选择自主择业，而是去一家光景不好的国企当了后勤科长，实际就是管抄水电表，和发放拖把扫把。手下三两个工人常有休假请假的，他就顶上去抄表。问他年轻轻的，为什么不去社会上闯一闯，他说老父亲哭得死去活来不允许，全村几百户人家就他一个当官的，还是个县处级。唉，看来有些人不想从职位上退下来，也是有他们的苦衷的。

第二天一大早，我还出了个洋相。太阳升得老高了，妻子已经起床给母亲帮厨去了，我还钻在暖暖的热被窝里不起床。多年未睡火炕了，马上又要远赴他乡，心中不由得生出一丝依恋感来。突然父亲推门进来了，大声吼叫说："快起来上班去，我这么大年纪了，一圈牛粪都挖完了，你还不起来，日头都晒到勾蛋子（屁股）上了。"

我装睡着没吭气儿。

父亲还不依不饶，骂骂咧咧。我妻子从厨房里跑过来说："你儿子没班可上了，到哪上班去，你让他去挖牛粪吗？"

父亲没再说什么，悄悄出了院门。我依旧装睡，一家人都略显尴尬，没听着谁出声。我赖在炕上，直到午后才爬起来。心里一直在想，古人言凤凰落架不如鸡，看来真是不假。不当那个比芝麻还小的官，连自己的父亲都另眼相看了。

临走的几天里，父亲话特别多。说南方人贼，小心受骗，不行了回来放羊，他还能帮忙，都是些教导我今后如何过日子的话。我明显地感觉到父亲变了，变得像个父亲了，能对儿子指手画脚、颐指气使了。我也似乎更像个儿子了，明明知道父亲的话不入耳，也不顶嘴、不辩驳，默默地忍受着。我甚至认为，是自己事业上的波折，暗合了父亲早年当生产队长，和后来种粮食的失败，使他有了一种"咱们彼此彼此"的感觉，心中的压抑感自此解除了。我自主择业去外地发展，本来是很理智的选择，虽然拖家带口、前途未卜，可眼下的生活还不至于那么不堪。父亲的一番教训，让我的信心变得不那么足了，于是举家南迁就带有了一种悲壮感。

北海生活两年后回故乡探亲，我提出接父亲去南方生活一段时间，他竟然很痛快地答应了，这让我颇感意外。在甘肃工作近二十年，多次请父亲逛一次省城兰州，都未能成行。我请他南行的主要目的，是为了让他放弃那些收益不高又累人的田地。后来知道他答应得痛快，也是另有隐情，主要是村里人见了面总问他：

"你大儿子的日子还过得下去吗？"

"还坐小轿车铺红地毯吗？"

"不行了回来当个放羊娃也很好的，那是你们的家传。"

父亲听了受不了，来北海有躲的意思，也想来看看我到底混得怎么样。年近七十岁才出门远行，来到北海看到儿子骑个自行车，裤腿挽在了膝盖上，给别人帮买房挣手续费。刚办完一单，收取约定的五百元钱时，却被客人甩掉了，一分钱没拿到手。儿子显得狼狈，父亲显得尴尬。我们小区新搬来一位中校军官，整天专车出进，前呼后拥，父亲瞅着了就叹气，有时候还会给旁边的人唠叨一句："我儿子以前比他威风多了。"后来我改行做保险，去当地海军大院参加军训，在操场上走正步，汗水浸透了衣服后背。回家父亲看到了，问我说你二十多年前就受过这煎熬了，现在还受这个洋罪，我说没什么，父亲就瞅着我不说话了，一脸的想不通。我上门推销保险，经常吃闭门羹，父亲说以前叫花子就这样，我装作没听着。我去一位房地产老总家谈保险，去时带了两盒进口巧克力，保险没谈成，礼品却送了出去。父亲说没吃上狗肉，反倒丢了套狗绳，让我去要回来。我支吾了几句没去，父亲就闹着要回老家了，而且不容商量。我其实心里很明白，父亲对我是彻底失望了。他回家后，村里人一定会问儿子过得怎么样。以他不会绕弯儿的性格，难堪是不难想象的。我意识到不能再麻木和退却，该在自己选择的这条荆棘路上，拼命冲刺一把了。

两年后的一个初春，我打电话给父亲说，打算回老家给他们建一幢两层楼。起先父亲以为他人老耳背没听清楚，确认我有这能力后，回电话很痛快地说："好。修成了你回来也好看，大不了就当摇宝（赌博）输了。"意思是这笔钱就算打了水漂也应该，不要前怕老虎后怕狼。父亲一生勤俭能到吝啬的程度，更不讲究吃住，怎么突然间能把几十万元看得无足轻重呢？后来我才明白，他意识到如果自己能住在一座楼里，四周是东扭西歪的平瓦房，就如一峰骆驼立在羊群里，会显得格外突出。至于说我回来住着好，的确是暗合了我当时的心境，说白了就是在故乡找一种存在感。外面有没有金銮殿不知道，在故乡的土地上，小洋楼还是有一座的。至于将来有没人住，已经考虑不到这么多了。

修房子的那一段时间里，应该是我这辈子和父亲配合最为默契的时候。为了不致半途而废，我隐瞒了妻子儿女。施工由弟弟牵头操作，半年就完工。我回去亲自监工装修，有自来水、抽水马桶和锅炉，院子铺了大理石。入住时鞭炮齐鸣，杯盏交错，父亲很幸福地接受了别人的祝贺、恭维和抬举，幸福得老泪纵横。

我在家里守了一个星期，想目睹父亲住着小洋楼的幸福情景。送走客人后，父亲蹲在大门外的道沿石头上，不时地向村里村外的路上张望，遇到风吹日晒也是这样。手上不是剥葱皮蒜皮，就是揉搓一根破旧的麻绳，显得心事重重。我走过去问："大（爹）你整天坐门口干什么，这么好的新楼，整天空荡荡的。"

"你忙你的，管我那事情干啥。"父亲显得很不高兴。

这又是怎么回事呢，我真是不太明白。

返回北海后，我听弟妹们说，父亲除了侍弄他的玉米地外，还是喜欢坐大门口向远处张望，宽敞明亮的小楼里总是坐不住，屁股下面跟有针扎似的。有人在电话里悄悄告诉我说，父亲是在等当年欺负了他的那些人从门口经过，可进村的路有两条，那些人都绕道走，偏不过这里。原来父亲想在他们面前显摆一下自己住的楼房，就算过来瞅上一眼也行。

几十年的岁月都过去了，这又是何必呢？

不久父亲被查出患心脏病。人活七十古来稀，干体力活儿一生，这个年纪身体出现些病症也属正常。家里人都操心治病，他老人家却并不配合，不喜欢打针吃药，不愿意住院，整日里显得心事重重。村里老人前来探望，都开玩笑说他怕死，父亲就高喉咙大嗓门地为自己辩护，说我爷爷1958年饿死时才五十七岁，他活现在早够本了，顾虑的是自己死了没人来送他，丧礼会冷场。老人们就开玩笑说，不行趁活着办一下，看有没人来。说者无心，我听到后却受到了启迪，给父亲过一次七十大寿，让他风光一次。寿礼在农历九月十三，请来了市上的秦腔名角，摆了几十桌宴席，父亲戴着宽边礼帽坐在正堂，接受着邻里乡亲和亲戚朋友们的祝贺，家族侄孙和各路亲戚，一排排地跪在地上向他磕头作揖。我远在北海，从视频上看到父亲笑成了一朵花，为人之子，尽了孝道，让老人家欢喜，我也就无忧了。翻过年回去与他聊起这件事情，本想着能听到他几句夸奖的话，他却叹着气说："庄里有些人还是看不起我们，秦腔大戏吼得震天，酒席摆了一院子，他们都没来。"

天哪！这就不好办了。

分田单干已经几十年，各人都自扫门前雪，以前那些陈芝麻烂谷子的事情，许多都带进坟坑里了。父亲想让谁来，我去请过来坐一坐，喝它两杯，心中不就释然了。父亲却死活不愿意。他心中"惦记"的人究竟是谁，我好像也不大说得清楚。孝顺孝顺，我也只有顺着他了。

随着病情的加重，父亲的身体越来越虚弱，忧郁情绪更加严重。时常让别人捎话给我，去世后把丧事办好些，不然没人看得起他。我觉得父亲这种多虑可能是一种病，可也弄不清楚。我回老家陪他住院时，发现夜里父亲时常做噩梦，梦中会发出痛苦而恐惧的叫声，自己惊不醒自己，每次都要旁边的人猛推，或掐他身上的肉才能醒过来。清醒后问梦到了什么，都说是饿狼撕扯他脚后跟。母亲说这样的情况有好久了。我去问医生，医生说家里肯定有难解的事情埋在老人的心里，我肯定地说没有。医生又说，或者年少时精神上受过什么刺激，我说我明白了。

父亲最后的岁月里，心头一直弥漫着自卑与恐惧。开心高兴的情景，我只见到过一次。一个风和日丽的午后，故乡平凉市文联主席李世恩，和市作协领导马宇龙、李业辉等来医院探望。父亲坐着轮椅，在医院里的一棵大柳树下休息。他已经虚弱得不太能够说话了。我向父亲介绍说，李主席是正县级干部，父亲黄如蜡纸的脸上，忽然有了暖融融的笑意。聊天中客人祝贺我加入中国作协，父亲脸上的笑意更浓了。他老人家一定是把中作协会员听成了中央委员。

2015 年农历十月初十，父亲去世了，享年七十七岁。

据弟妹们后来给我说，父亲去世前说的最后一句话是："抱我一下。"按我们老家的风俗，女儿在父母咽气时不能在场。我们兄弟二人都没能实现父亲最后这个愿望，也够得上是不孝之子了。这件事情让我深信，父母养育儿女，的确是空欢喜一场。

遵父嘱托，举行了打醮、献饭等祭祀活动，丧礼能称得上庄严隆重。据亲朋好友们观察，父亲"惦记"的那些人，好像也没有在祭奠现场上出现。我没有能够像父亲祈盼的那样，官位显赫或富甲一方，自然吸引不了那些昔日蔑视过他的人来用平视的目光瞅上他最后一眼。

分离已有四年时光，夜深人静之时，我闭上眼睛总能看到他老人家失望和哀怨的眼神。生养之恩无以回报，祈盼有缘于来生。

（发表于《美文》杂志 2019.10）

塬上的故乡

塬

前些年，有机会由北京转西安飞兰州。那是一个严寒的冬日，一场大雪几乎覆盖了整个北方。雪后天晴，万里无云，透过飞机舷窗向下俯瞰，大地白茫茫看不到尽头。大约过了河北、山西，行云和薄雾之下，突然出现许多带状山岭，它们蜿蜒曲折，瘦如刀背，如一条条长蛇，放眼望去，就是一个气势如虹的蛇阵。我不由自主地惊呼："这是陕北的塬，是毛主席笔下的'山舞银蛇'。"同机的旅客们也都认可我的看法，我也抑制不住自己激动的情绪，歌颂了一番伟人高超的观察、想象和概括能力。陕北风光让我留恋不舍，飞机却已经飞过了平坦宽阔的八百里平川。

我意识到马上就要到我们陇东了。

我还没有来得及想象它的样子，陇东高原已经透过薄雾隐隐约约地呈现在眼前。它在远古的时候是一马平川，历经千年的风雨摧残，现在变得沟壑纵横，满目疮痍。再往下看，黄土高原被河流冲刷出了好多的河谷和沟壑，河谷交错之间，出现了许多宽阔而不规则的平台，这就是我的故乡陇东特有的地形——塬。它们像一群健壮的大象，迈着平稳的步子，列阵缓缓向后退去，完全是一派"原驰蜡象"的气势。看来领袖当年从延安飞重庆时，一定是经过了我们陇东上空。

小时候查《新华字典》知道，塬是黄土高原上雨水冲刷而形成的平台，无数个塬聚在一起，就成了原。我是生长在塬上的孩子，年少时曾无数次地审视过这塬的形态。在塬上满眼望去，它是看不到尽头的旷野。从塬下的河谷里仰视塬，它却是一排逶迤的山岭。我站在一个塬上，向另一个塬望去，它竟然隐而不露，成为一条地平线。这一次万里高空的俯视，才算是真正看清了塬的庐山真面目。才明白了过去对塬的爱抚，其实都是盲人摸象。

我一直留神着我的故乡平凉的草峰塬，盼望能在万里长空之上看到它。六盘山的主峰上宏伟鲜艳的红旗雕塑，出现在我的视野中了，在它的东边，我确认看到了草峰塬。它像一头可爱的小象，稳步走在前进的象阵里。有六盘山在西北方遮风避雨，有泾河和潘杨涧河给它南北做伴，这头小象享受着呵护和宠爱。它昂首阔步，稳重矫健，俨然是象阵中的后起之秀。

故乡的草峰塬，这头可爱的小象。它东西长而南北窄，面积有百十平方公里。在我的记忆里，它的春天是绿色如织，夏天是麦浪滚滚，秋天是谷穗摇曳，冬天是白雪皑皑。塬上是一眼望不到头的旷野，塬下则为坡、梁、谷、壑。沟崖深处，藏有泉水，坡梁之上，绿草茵茵。这里的生民，世代都是塬上耕种，山下放羊，沟里挑水，过着半耕半牧的生活。一直到 20 世纪七八十年代，这里的生存方式才发生了改变。接下来我要给您描绘的，多是故乡昨日的黄花，弹唱的也是那儿昔日的老调！

古窑

塬上人家，千百年来多住在窑洞里，故乡草峰塬上也一样。这里南北两面的山坡梁峁上，到处都有窑洞。究其根源，大概因为黄土质地坚硬黏性好，修建起来容易，不用砖瓦木料，能省很多钱，住起来又冬暖夏凉。它是上天给予这里穷人的恩赐。

窑洞，其实就是在陡坡或崖壁处开挖的土洞。里面上圆下方，门口砌着墙，镶着门窗。因为新旧好坏不同，有的歪歪扭扭，有的端庄大气，少的地方一孔两孔，密集的地方，老远看去像一片马蜂窝。我生长在草峰塬上一个叫赵湾的自然村里，童年时村子为一个生产队，位置在塬的北坡，那儿的窑洞修在一个山弯里，密密麻麻，新旧不齐。有一年，我带城里的老婆孩子回了一次老家，回来后孩子给人描述说，老家全村人住在一个大得能接上天的土楼里，楼里有好多的土洞，洞外有弯弯曲曲的泥巴路，从路上走能上到十几层楼。

古窑，是故乡村民的一种说法，指废弃的窑洞。我小时候看到的古窑并不多，多在崖壁上，大人们都说，那里面住着孤魂野鬼，夜里能看到鬼在门口放火。我趁黑多次悄悄立在家门口的树下，瞅对面山崖上的那几孔古窑，没看到发光的东西。离村庄较近的山路上，倒是有几孔古窑，有些已经塌陷，村民们多不敢进去，去也是内急了躲在门口解个手。门口有几个石头凿成的碌碡，半陷在泥土里，我们放学路过时，会骑上去玩一玩。我和几个胆大的孩子捉迷藏时去过里边，看到了半掩在泥土中的土坯灶台和火炕，还有墙壁上的烟黑。听说有人拉屎时，脚踩到一坛子银圆，我没有过这运气。上学后知道，我们这里是周王祖先们曾住过的地方，想必住人的年头长了。如何就留这点儿古窑，我有些不太明白。一次求教一位放羊老汉，他指着那些悬崖说在那儿呢。我顺着他的手指的方向看过去，那儿是一堆堆崖上坍塌下来的泥土。我明白了，是漫长的水土流失，让它们失去了踪影。就连路边那几口离村子最近的古窑，也没人知道这究竟是谁家的祖业。1981年村里搞联产承包后，好多人家缺碾麦子的碌碡，突然有人站出来说，那碌碡是他家的祖业，准备修好路用牛拖回家用。另外的人家心里不服，连夜把碌碡推下了几十丈高的山崖。当时跌落的声音，惊醒了一村子的梦中人。

1996年我回老家探亲。进村后吓了一跳，村子全废弃了，窑洞全成了古窑，村民们都上塬住进了房里。我连着好几天独自去那些没有了门窗的残破院落里转悠，满脑子浮现的都是儿时的嬉闹和疯癫。村里人见了劝我说，人搬走了鬼就住进去了，让我别去。我说不觉得，他们说主要是我身上的军装有杀气，鬼才没敢露头。一天夜幕初降，我经过一孔敞口的大窑，就想进去看看。这以前是生产队里开会的地方，我在那里亲眼看到过父亲被批斗，聆听过母亲的号啕大哭。我背着手低着头往里走，脚下是齐膝的枯草，窑里一片昏暗。我的身子刚闪进窑里，实然间一只野鸡扑闪着翅膀，从我头顶冲了出去。煽起的风让我瞬间有些窒息，头皮似乎被两只爪子抓过，头发里有热乎乎的东西流到脸上。回到家里，父亲问我脸色为啥不好，母亲从我头上看到了血迹，从身上捡出了好几片羽毛。傻气的小侄子问我是不是偷鸡摸狗去了，我一时竟不知如何解释为好。

村里人都把自家的古窑叫老庄子，这大概是为了表示亲切和留恋。我家的老庄子在荒山的小山湾里。荒山是个山名，与塬畔上的赵湾村，还隔着一座山梁和一个山洼。我当兵不久，父母和我两个伯父家，以及另外一户吕姓人家，先后举家上了塬，这里就废弃了，周边几公里内都没有了人烟。中年之后，我每次回故乡都要去这儿看一看，这也许就是古人所说的倦鸟恋故林吧。我独自一人在老庄子里漫步，脚下踩着陌生的野花枯草，眼睛看着残破不堪的窑洞院墙，脑子里浮现的却是儿时的炊烟、杨柳和看门狗，内心的那种幸福，胜过饮一瓶老酒。村里有人问我：那地方还敢去？我说自小在那里长大，有啥不能去的。后来村里流传，有人傍晚路过我家的老庄子时，能听到里边有爷孙俩在吵架。母亲听了笑着说："我们搬走了，你爷爷肯定把他的宝贝小儿子带回来安排进去了。"听长辈们说，爷爷是1958年饿死的，之前他的最小的宝贝儿子被狼叼走了。我听了只是叹息。

又过了一年回村里，遇见了一位姓吕的表叔。他是我儿时的邻家，他家是我每次挨了父亲追打后的避难所。吕姓表叔每年都要独自赶着家里的几头牛，回自家老庄子里住个把月，为的是给周边的田里积些粪土。见面后我问现在还在老庄子上住不住，他连连摇头，说不再住了，夜里老觉得不对劲。这位表叔是个老实人，虽说我不相信什么鬼神，可他的话还是要当回事的。

一天我又抑制不住想去老庄子看看，就找了个风和日丽的晌午去，还找了一把铁尖的梭镖提在了手上。梭镖的尖锋处寒光闪闪，就凭我这个老兵的身手，用它挡一两只狼不成问题。当然天黑后我是不会去的了，吕姓表叔含含糊糊的话语，无疑让我产生了怯意。我走进早已卸掉门扇的大门，突然看到老灶火窑里有缕轻烟冒出，身上不由得一阵哆嗦，大白天见鬼了？我握紧梭镖再往前走，以前的灶火窑里好像有人做饭。刚想走过去看看，窑里闪出一个人来。两手上全是血，嘴里咬着把刀子。一股恐怖的气息迎面扑来，我几乎迈不动了脚。又出来两个红脸汉子，身上净是血污，一副吃人相。我没敢犹豫，转身就离去。没拔腿跑，可总觉得那把嘴上的刀子追在后边，心里还隐约后悔没穿军装。

回家也没给谁说这事儿，心里堵得慌。

几天后弟弟回家嚷嚷，说是最近村上出了稀奇事情，好多外地的猎户在好些古窑和老庄子里安家了。村里的鸡狗丢了不少，村干部正准备聚集人马去驱赶。我心里这才松了一口气。

堡子

说起堡子，现在很少有人知道为何物了，在我的故乡也一样。要亲眼看到堡子，也是一件不容易的事情。

1980年的冬天，我辍学在家，做了几个月的羊倌，走遍了村子周边几公里的山梁、沟壑，发现和见识了传说中的堡子。一次看到一面陡峭的山崖上，新坍塌的地方露出了个大洞，就兴奋地喊叫说看到了古窑。一起放羊的一位老汉，咧着没牙的嘴笑我是傻娃，说那是堡子。我这人从小性格就固执，说肯定是古窑。老汉说堡子能藏一个村子的人，里面洞里有洞，有些洞里还有井，有些洞还能通别的山头。我就讥笑他看抗日电影看多了，说日本鬼子又没打到草峰塬上来，哪里来的地道战，一老一少两个人，在寒风中扯着嗓子，抬了好长时间的杠。

　　过了没几天，我赶着羊群到相邻庄上的一片荒山上放，出了件大事情，我家一只最肥的绵羊钻进了悬崖上的一个山洞里不出来了。这可是我家最值钱的家当啊，我的背上一阵阵冒冷汗。半天了羊不出来，我又爬不上陡峭的山崖，急得在寒风中冲那个山洞半哭半喊了个把小时，也没见肥羊的影子。后来听见对面山上的放羊娃冲我喊叫，说羊从山背后的一个洞里爬出来了。我这才松了一口气，也相信堡子这种东西的存在了。回到家里我兴奋地说这件稀奇事，父亲却训斥我说，那儿是个瘆人的地方，大人们都躲着不去，你跑那儿就不怕丢了魂魄？

　　这事儿激起了我强烈的好奇心，在入伍前的一段时间里，我问父母，也问别人，总想知道这个堡子的情况。由于它在相邻上庄生产队的地界里，父母亲不去那里劳动，也没就近看过，只听人说那是我们赵家先人的堡子。有个七十来岁的疯老汉，路过来家里要水喝，趁着疯病没犯时我问他，他真真假假地扯了一大堆，大意是：这堡子是我们赵家先人的，后来被贼匪攻破过，人差不多快被杀光了，血都流成了河，后来活人都不敢往堡子周边住，夜里能听到娃娃女人的哭叫和贼匪的喊杀声，等等。

我知道历来的防御措施，官府靠的是城池，财主靠的是高墙庄院，可山野草民往哪里躲呢？现在才知道，我们陇东地区主要靠堡子，不信你看看地图上有多少带堡的地名。那么我们赵家堡子是如何被攻破的呢，这个问题搁在我的心里有好多年了。20世纪90年代，我开始发表些文字，有幸成了半个文化人，就更想探求这个真相了。我用休假时间回乡，拜访了一些老人，听他们讲老辈人讲给他们的故事，归纳起来大致是如下说法。

　　原来我们赵洼村的赵氏本为一祖源流，是明末山西大槐树下西迁的饥民。清同治年间的一个冬夜，天冷得狗嘴都没处藏，鸡爪都没处立，我们赵家的百十口男女老少，被贼匪们围在了堡子里。这堡子如果攻破了的话，银钱、女人、羊羔肉就有的是了，哪里还用得着在这悬崖下的一摊冰雪里挨冷受冻。所以贼人们就举着火把搭着梯子红着眼睛往上攻，堡子里的女人娃娃就吓得哭天喊地，男人们就不停地往崖下扔石头泼屎尿。折腾了十多天，堡子没攻下来，贼匪也没有走，相互都在崖上崖下大眼瞪起了小眼。这时候意外情况出现了，堡子里头的小娃娃口渴难忍，开始哭泣不止。崖下的土匪们听见了就喊叫说，娃子们下来喝水可饶命。经不住诱惑，娃娃们顺着崖坡滚爬下去了。还没爬到泉水边，贼匪们几刀砍过去，其中几颗小脑袋就落了地。崖上女人大哭，贼匪又喊，女人们不下来就砍掉全部娃娃脑袋，下来可保全母子性命。女人们就排着队爬下了山崖，还没拉住娃娃的小手，就被刀尖挑光了身上的衣服。男人们提着家伙要扑下来了，老少爷们有百八十人，提刀的贼匪不过一二十个。这时候贼首又说话了，扔掉手中的家伙，相互把辫子拴在一起，排成一行爬下来，不然就女人娃娃全砍了。说话时几个女人娃娃的脑袋又落了地。男人们排队爬下了堡子，长长的辫子挽成了一根绳索，一条龙似的匍匐前行。刚走到堡子崖边的一条小路上，贼匪们扑上来挥刀一阵猛砍，我的这些祖先的人头全落了地，血流成了河，辫子还没解开。听说后来共活下来四个男丁，繁衍下了我们赵洼村赵氏四族，分别位于沟脑、赵湾、上庄和菜子沟四个庄里，我就是沟脑一族的后人，生长在赵湾。

听到这些传说我只能叹息了。我们常常感慨于一个岛国如何能蹂躏了大半个中国，万把军队如何屠掉了三十万南京民众，没料想到我的祖先们也上演过这么一场悲剧。呜呼哀哉！

我很想听到祖先的哭号声，老人们说，得一个人深夜里去才能听得到。又说现在山里人家都上了塬，那地方夜里阴森得人牙齿都打战，还是不要去的好。听他们这样一劝，我也没有了去听的勇气。

寺庙

从 1972 年起，我在故乡废弃的草滩庙里上小学。当时的教室就是安放神像的大殿，"文革"时毁了神像，我有幸享了五年神仙的福。印象中教室是青瓦白墙，砖砌的立柱，掉色的木窗户和青砖台阶，比大队支书办公的房子阔气多了。遗憾的是，我没有看到过神像，只是听父母说要好好学习，神在暗中盯着的，不然会来惩罚的。后来在生产队里放农具的破土房里，我看到黑乎乎的墙上，有幅模模糊糊的画，中间有个人坐在椅子上眯眼看书，左右有人提刀拿印。

父亲说画的是关老爷和他的义子关平，牵马扛大刀的周仓。这是我少年时代对故乡草峰塬上寺庙的全部印象。

1986年我在部队提干后，第一次回乡探亲，父母提出让我去庙里烧一炷香，我这才发现，家乡原来是有好多寺庙的。不仅仅是我上过的小学，还有一些粮库柴窑，甚至牛圈、鸡舍，都是早前的寺庙。现在重新收拾干净，在里面立起了神位和香炉，香火重新燃了起来。问老人们才知道，这些寺庙里以前也并没多么气派，大庙里的神像也都为泥塑，小庙也就墙上画一幅画，有些神仙住在土窑里，也就只有不足一尺高的木牌神位和巴掌大的香炉了。家乡向来少雨而贫瘠，百姓们多是艰难度日，看来连神仙也跟着受罪了。

后来我细细观察故乡草峰塬上的寺庙，了解它的分类和分布，发现其中是有奥妙的。小庄户上的庙，多与百姓温饱有关，比如怕旱就供奉龙王爷，怕水灾就供奉禹王爷，怕雹灾就供奉火神爷，怕鬼怪就供奉山神爷，等等。听说有个庄上就供奉着孙悟空，为的是降妖捉怪，保全庄平安。祖上是大户人家的，才供奉关公和文昌爷，想到温饱以外的仁义和功名问题。村级庙宇就供天官之类，教人明忠奸、信权威。乡庙才供佛和菩萨，劝人安本分，知因果，行善修身。而且三个级别绝不重复。比如我上小学的草滩庙，旧时是村庙，离它百多米之外，就有杨氏大族的文昌庙。塬上最大的行政机构是乡政府，离它不远就有个乡级大寺叫佛堂寺，金碧辉煌，声名远扬。组织架构完整，大神不能代替小神，看来仙山神界也是讲原则重秩序的。

改革开放后政策逐渐放宽了，原有的寺庙都恢复了本来面目，可里面的神像没了踪影，于是翻新和重建就在所难免了。我当时探亲的时候，正是修庙的高潮，整个塬上形成了轰轰烈烈之势。许多妇女手里捏着几个鸡蛋当布施送到了庙上，还有老人砍倒自己的棺材树，给庙当顶梁柱的，真是虔诚之心可昭日月。我对他们讲，日子刚好了些，没必要搞这个。修庙不如修学校，修也没必要修那么多，有了村庙就没必要修庄庙了。他们说学校有政府管，村里的神仙顾不上我们庄里的事。干部没神仙管用，自家喂的狗看门放心。而建庙的带头人，竟然以退休回乡的干部、教师和包工头、万元户居多，他们凭借财力和威望，奔走呼号，策划组织，大捐钱粮，大显了一番身手。本事大的就主持修大庙，本事小的就折腾着修小庙。庄户人家连神仙的名字都叫不上，可也是不看佛面看僧面，咬着牙往外掏银子。这些带头人是当代农村事实上的员外、乡绅和财东，建庙成为他们展示力量、建立威望的一种手段。庙修好以后他们都成了实际的管理者，负责操办庙会，唱大戏做生意，成为乡村政治的实际主导力量。

故乡草峰塬上最有名的寺院是佛堂寺，史载始建于宋朝，应该说属于文物古迹了。我小时候没见过，据老人说，其位置紧挨乡政府后墙，"文革"中拆毁，地盘后来盖了乡养老院。1985年后的建庙风潮中，塬上百姓都吆喝让乡政府把寺庙重建起来，就是没有行动。遇着天旱或下冰雹，都说是佛堂寺没重建，佛爷发了怒，甚至狗不咬人、鸡不下蛋的事情，都把责任推到这事儿上。有人直接挖苦乡长说，你们以前指挥群众学大寨，把山头都能推倒，现在怎么装孙子，连个破庙都恢复不起来。这时候的乡政府，早已没有了大集体时代的虎狼之威，干部下村连一碗凉水都喝不上，月工资都拿不上，哪里有这个能耐。就只能装聋作哑打哈哈了。

到了 2008 年，突然佛降吉祥于草峰塬上，甘肃有位有名的企业家独资两千万元，几乎在一夜间，就把千年古寺佛堂寺重建了起来。大富大贵有因果，来世全靠现世修，高人一出手就是大手笔，哪里像我的那些穷乡亲，怀揣几个鸡蛋抱佛脚。听塬上人说，那年初春的一天，数十辆平板载重汽车，载着十好几尊有几丈高的铜佛，穿过平凉川，爬上龙爪坡，一路浩浩荡荡来到草峰塬上，沿途信众磕头鸣鞭者连绵十多里，佛的金光照得他们眼睛都睁不开。重建的佛堂寺飞檐斗拱，气势恢宏，乡民们说看着像皇宫，娃娃们说看着像天安门。寺庙全由那位企业家供养，云游僧人可以自由吃住，念经的和尚都拿工资，这样的事情我在别处没听说过。

据说那位企业家拥有几十亿身家的。本是草鞋布衣，现在要利归天下，可这利又如何归到了穷乡僻壤的草峰塬上呢，究其因缘，是塬上出了个人物。这人是武警出身，给那位企业家当过保镖，是企业家贴心挚友，得力干将。经他鼎力推荐，佛堂寺便得以重建。以一人之诚心，使消失的古寺得以辉煌再现，这是多大的造化啊。这件事情无疑是草峰塬上的传奇，事情真伪，有佛堂寺院内的功德碑为证。

麦浪

麦浪应该是故乡草峰塬上最美的风景了。

我背着书包在塬上奔走了整整七年。那时候是人民公社大集体时代，塬上平坦整齐的土地，基本上都种小麦，塬下的山坡沟洼梁峁处，多种五谷杂粮。学校都建在塬上的，每年过了元宵节，我们就一路瞅着麦地发绿，麦苗拔节，麦子抽穗，麦粒饱满，直至大地一片金黄。就要下镰收割的时候，我们的一个学期刚好结束。

　　麦浪在麦子抽穗之前就出现了。那时候麦粒已经孕育成功，渐渐地变得饱满，整株麦子就开始头重脚轻。这时一阵热风扑打过来，麦子们就前赴后继，麦田里就形如浪涌。微风吹来，浪若清波，旋风掠过，浪若涟漪。三暑天少有的五六级西北风袭来，一望无际的麦田就一浪推着一浪走。偶遇西南风向西北风搏杀而来，一望无际的麦田里，就波涛汹涌了。我的目光无数次地盯着那麦浪，由近及远又由远及近，沉浸在那优雅灵动而又变幻莫测的美景中。几十年后的现在，我侨居在南海之滨。当我看到蔚蓝色的海面上波光粼粼之时，常会想起故乡那金色麦田上的灿灿金光。当我看到渔民们赤着膀子头戴斗笠撒网捕鱼时，一定会联想到我的亲人们，戴着草帽光着脊梁挥镰割麦。

　　麦子由绿变青再变黄，是一个由青春到成熟再到衰老的成长过程。当麦浪变得一片金黄，就该下镰收割了，庄户人家把这叫抢收。两三天内得抢收完毕，不然若遇一场雨、一场风或一场冰雹，一年就白辛苦了。就算没这些，烈日烤干了最后一丝水分的麦秆，被风一吹，就不是妖娆的麦浪，而是瘫在地上的枯草了。而作为果实的麦粒，则会在草中遇雨发芽变质。

　　我记忆最深刻的是1975年的夏收。这之前遇到了年馑，整个甘肃是靠吃从河南调运来的红薯干，才勉强熬到接上新麦。麦子泛黄才没几天，许多人家的面缸里已经见底了。

开镰的前几天，父母和其他的社员们就跟隐蔽在坑道里要打冲锋的士兵一样，显得急迫、兴奋而又紧张。整个村子里的人，夜里睡得都很晚，北斗到了中天，还能听见人嚷狗吠。父亲夜里不停地在磨收麦专用的木镰刀上的刃片，磨利了好几只，把一块石头都磨弯了腰。母亲在用碎布片缝制护膝和绑带，给父亲和她各缝制了两套。

麦子几乎是一夜之间熟透的。天刚鱼肚白，社员们就已经手握着镰刀，立到了地头。最有力气和技术的人首先下镰，差些的跟在后面。要屁股蹲在地上彳亍而行，前人领头后人跟进，几十把明晃晃的镰刀，呈梯行推进，麦子很快倒伏，并成捆地睡在了裸露的地面上。那是挥汗如雨的日子，也是农民们最能逞英雄的时刻。我父亲一辈子脾气犟，性子缓，又不服人，经常是鞭子挨了，犁沟走了。可他割麦子是把好手，下镰快，耐力好，蹲坐一天都不知腰腿痛，生产队长在这个节骨眼儿上就很喜欢他，爱夸奖他，鼓动他下头镰或收尾镰。他下头镰就死命地冲，收尾镰就死命地催赶别人，弄得大家都没法耍滑磨洋工。当时我和同学都跟在大人后边捡麦穗，帮家里挣工分。队里为促生产，用大白馒头和小米稀汤做奖励。当父亲拿到比别人多的大白馒头，扯着嗓子喊我过去吃的时候，那个英武劲儿，活像个打仗得胜的将军。我的那个自豪，也真是没法形容。

这个火烧眉毛的时节，是不会养闲人的。老弱病残中，只要能动的，都得拉麦运麦摞麦，不然就犯了众怒。当时有一位姓张的老汉，按辈分我该叫他姑夫。张老姑夫六十好几岁了，给生产队里当场管。这人性稳如乌龟，语缓似诵经，长年睡在场房里很少出来，可麦收时节一样要参加劳动。听父亲说，这老汉年轻时受过大罪，靠捡吃大户人家麦地畔上撒落的麦粒才活过来。张老姑夫抢收时不割不运，也不拾麦穗，而是跪到地里拾撒下的麦粒，据说每年都这样。看到他这样古怪的动作，我们这些学生娃娃都好奇地围过去看。他手指头又粗又硬，跟枣树枝似的，半天了捏不起几粒麦子。于是就朝指尖上吐上口水，再伸指头去沾。吐得没口水了，就把指头伸进嘴里沾湿。有些麦粒藏在杂草里边，张老姑夫就用嘴吹。吹的时候屁股是撅着的，下巴上的山羊胡子一抖一抖，脸皱成了一个核桃，有调皮的娃娃伸手打他的瘦屁股。

十多年后我再回故乡，已经看不到滚滚的麦浪了。家庭土地承包后，一望无际的麦田都分割成了豆腐块，大多都种上了能赚钱的玉米、蔬菜和苹果树。村民们弃窑上塬，盖了好多的瓦房。一望无际的麦田已经支离破碎，翻不起什么浪了。

当我再次见到张老姑夫时，他已经老得剩一把干骨头。他只能给自家当场管了，几个儿子家的麦垛紧挨着放在场里。我去时他大儿子家正在碾麦子，拖拉机拉着一个石碌碡，在一片麦草里突突突地转圈圈，其他人都戴着草帽，手握铁杈，把拖拉机碾过的麦草心急火燎地翻转过来。西北方向的天上有黑云升腾起来，挟着雷鸣电闪，渐渐地压了过来。当时也碰巧，张老姑夫正好又在捡麦粒，也是跪在地上的。我大声向他问好，他慢慢地抬起了头，瞅得认真，却没认出我来，嘴里说了几句。我大声说以前割麦子的事情，他瞅了瞅我，脸上似有微笑。

这时他大儿子老远吆喝他，说是麦草里发现一条长虫（蛇），让他去挑着扔了。张老姑夫分明没听见，继续捡他的麦粒，大儿子就跑了过来。老远见自己的爹跪在地上，就呵斥说："一场的麦子就要被暴雨卷走了，捡那几粒麦子顶球用。"看见我在，略显难堪。就诉苦说，他的这位老先人，捡拾了一辈子的麦粒，到头来还是过了个叫花子日子。听了这位跟我父亲年龄相当，又当过多年生产队长的人说的话，我苦笑了一声，什么也没说。生活所迫变成了生活习惯，习惯又变成了人的性格，最终影响了人的命运。我们或许都逃不出这个魔咒吧！

我还没从思索中回过神来，忽然看见张老姑夫双手执着一只铁叉，叉头上盘着一条菜花蛇，颤颤悠悠地往不远处的悬崖边上走去，身后老远跟着儿媳、孙女和一群看热闹的娃娃。只听"咣"的一声，张老姑夫连蛇带铁叉一起扔下了山崖。他大儿子看到后，双手把大腿一拍，说："妈呀，可惜一把新铁叉了。"不知哪个儿媳妇说："这把年纪了，怎没自己也跟着跳下去。"

后来再回老家，听人说张老姑夫已经过世，我就再没跟别人谈起过麦浪和割麦的事情了。

窝棚

窝棚是看管粮食的人，在田间搭建的一种简陋小屋。一般都是用小腿粗的树木，做成两个 A 字形木架，一前一后固定在泥土坑里，然后用细些的树枝，从上到下横着连接起来，两面斜坡上铺上枝条抹上混有麦草的泥巴，里面悬空的架子上铺上铺板和麦草就成了。

在我的故乡草峰塬上，什么时候有了窝棚，谁也说不清。农村吃大锅饭时期最多，这一点是肯定的。小时候每到秋天，我在上学的路上总能看到玉米地里有窝棚。白天里边没人影，有时能看见旁边的田地里插有一把铁锨，锨把上挂件破衣服。我回家问为啥把衣服挂那儿，父亲说那是看管的人在演空城计，自己早回家睡大觉去了。我把父亲的说法告诉了同学，就有胆大的同学爬进了窝棚，摸到了烟叶和火柴，还有烧熟啃剩的玉米棒子。有的同学被看管人发现，追到了到家里，挨了父母亲一顿打。偶然听村里的二流子瞎吹说，这些窝棚里常有男女偷情，当时我们不懂这些，也没看见过。秋收结束后，整个塬上土地裸露，窝棚就全显了形。一个个像金字塔，看起来是一种非常壮观的景致。过上十天半月，随着秋田的犁耕，窝棚相继拆除，景致就消失殆尽。

1978年秋天，生产队夜里看管粮食缺人手，队长让大些的学生娃娃跟着上工。父亲就想让我也去，说夜里睡觉白挣工分，还不耽搁白天上学识字，划算得很。我兄妹五个都吃闲饭，最小的妹妹才四岁，母亲为照顾我们也上不了几天工。父亲夜里给生产队喂牛，白天还要抽空劳动半天。我明白家里日子的艰难，听父亲说完就大喊着要去，还夸口说我敢抓贼，我要提上自己的红缨枪，当天夜里还梦见自己成了《闪闪的红星》中的潘冬子。红缨枪是我在学校当红小兵时做的，枪身是一根长木棍，没有铁铸的梭镖头，就用刀子把棍头削成了梭镖头的样子，抹上了银粉，再在脖子上缠了一缕染了红墨水的麻丝。我要扛上它看管粮食，被父亲夺了过去，说弄坏了再没材料做。

看管这活儿要说还真好玩，几个人往窝棚边上一蹲，点着从生产队的麦场里抱来的一大堆麦草，烤玉米棒子和洋芋，再从队里的菜园里拔来几根葱就着吃，一团红彤彤的火苗照过去，映出的是几张沾满黑灰的脸。有人好像晚饭不吃饱，专赶这一顿似的，吃完了还掰来向日葵，坐在窝棚里嗑起来。我也跟着他们学，偷偷留半个玉米棒子塞进书包，一大早走在路上吃。

夜里一个窝棚守三个人，扯起嗓子喊叫的话，窝棚之间能听得着。我问贼在哪里？他们说多半是外队的人来偷，让我只管睡觉少操闲心。他们好像不太关心贼的问题，只管吃和睡觉。睡不着了就聊天，或跑到别的窝棚里串门。遇着爱吹牛聊天的就倒霉，弄得我半夜睡不着。有时候他们瞎扯男女的事情，就问我睡着了没有，我说没睡着，他们就说娃娃家不能听，就赶我到别的窝棚去睡。遇着天黑怕走夜路，就只好装睡着，听得我脸红心跳，还不敢出口粗气。夜里巡视时，他们都抢着去，让我守窝棚睡觉，啥时候回来的我都不清楚。有时候我爬起来去学校时都不见人。

有一天夜里月亮太亮，我从窝棚里看到，老远的地方有人在偷玉米棒子，贼没头发，头顶发亮，很像我一个同学的爹。我说给睡在旁边的人，他爬起来提手电筒出了窝棚。回来后说没见着人，第二天上课我却看见，那个同学手上拿着玉米棒子啃。我回家里说这事，母亲就伸手捂我的嘴，还悄悄说："偷公家的不算贼。"我气愤地说，那我们家不是吃亏了。母亲说："你爹夜里也没闲着。"我这就没了话。再往后看到看管的人夜里出去不回来，我就知道他们是老鼠搬家去了。

　　还有一天夜里我跟歪头看管。歪头不到四十岁，头整天背在右肩膀上。他刚进窝棚，就说白天吃坏了肚子，夜里放屁拉屎很臭，让我去另外一个窝棚里挤一挤，我就只好去了。第二天是星期天，我睡到太阳晒上屁股蛋子了才爬起来，一个人唱着歌往家里走。顺路经过我昨夜离开的窝棚，爬上去想闻闻还有没有臭味儿，头伸进去却闻到了香味儿。还发现了半块没啃完的苹果，我捡起来吃着回了家。

　　接下来好像有些倒霉，我老跟歪头分一个窝棚里。一天夜里歪头让我到一家人的窑洞顶上，用手电筒冲下面的窗户照几下，看里面灯亮不亮，说这家的苹果熟透了，他要去偷摘几个回来吃。我知道这家的男人在城里教书，老婆是庄里最好看的女人。我去照了，里面没亮，有男人往外吼骂，我吓得拔腿就跑。回来说了，歪头没吭声，翻身就打起了呼噜。过了几晚上又去照，灯着了，没别的动静。回窝棚说了，歪头提裤子就往外爬，天亮回来给我扔了个没熟的涩苹果。几天后又让我去照，手电筒没电了。我脑子灵机一动，拾起一块土坷垃冲下面的窗子扔去。没啥动静，就又扔了两块。怕有人从窑里往外看见，就藏到了墙后边。等了一会儿，没听见人骂，也没看见灯亮。刚要走，漂亮女人出现在了我的眼前。月亮很亮，女人穿一身白秋衣，吓得我以为遇着了狐仙。

　　"你这么大点儿人，给我扔土坷垃干啥？"

　　"我……我……"

　　我一下子乱了方寸，恨不得找个老鼠洞钻进去。

再往后歪头见了我，脸就变得铁青，也不再让我拿电筒照窗户了。后来偶然听父母悄悄叨叨，好像歪头跟那个漂亮女人有啥事情，半夜里从窑顶往下扔土块，邻家知道了告到她男人那里，两家为这事儿还打闹了一回。我一听头皮就发麻，害怕他们用什么坏招数报复我。

一天夜里看管，又遇上了歪头。他脸跟猪肝一样，理都不理我。那一晚就我们两个，他连窝棚都没进就没了人影。夜很黑，风很大，玉米叶子被吹得沙沙响，听着很瘆人。我吓得睡不着，总觉得外面有人走动，或有人拍打窝棚。趁风小些的时候，我咬着牙爬起来钻出窝棚，提着我爹的破棉袄，朝不远处另外一个窝棚里摸去。当我钻进玉米地没几步，就迷失了方向。玉米秆高过了我的头，叶子划破了我的脸，脚下猛然奔出一只野兔来，吓得我眼冒金星。我在课堂里听老师说过，人腿左短右长，黑夜里净走圆圈，我就努力往右走。我又想起人家说，鬼会拍人后背，我就一遍一遍地转身往后看。当我的恐惧到了极点的时候，我的手从柔软的玉米叶里碰到了硬东西。再摸，是窝棚。头伸进去看，是我刚才离开的那个窝棚。我再也不感觉这窝棚里有多恐惧和孤单了，我觉得这是母亲的怀抱。我钻进去后长长地舒了一口气，一觉睡到了天亮。

回家后我重感冒一场，茶饭不思，躺炕上起不来。简单地告诉母亲受惊吓的过程后，她说我被鬼勾走了魂魄。夜里她手端一碗水，里面放着两根筷子，带着我的一个妹妹，到大门外给我叫魂。母亲叫我名字一声，妹妹应一声，一路回到我睡的窑里。母亲把水碗放桌上，反复叫着我名字，把两根筷子往碗中央立。不一会儿，筷子竟然立住了，而且纹丝不动。母亲高兴地说："我的魂魄找回来了。"过了一天，我的病真的好了。

多年后我回到故乡，遇见当年一起住过窝棚的人。他们都夸我说："你真是好娃，看着我们弄了那么多日怪事情，你都没学坏。"我说："当时才不到十四岁，再晚走两年，跟你们这伙坏人学，可能现在都坏透了。"他们听了笑得一塌糊涂。

"那时候人困马乏的，哪来那么多骚情事？"

"男女长年在一起劳动，未免生情嘛。再说现在又没窝棚了。"

"现在塬上人打工都走完了，到处是寡妇村，剩了满塬的房，要窝棚干吗？"

"这……这个……"

印板

要说印板就不能不先说到印。

印是权力的象征。小时候我们看秦腔大戏，看到皇帝御桌上放着一块用黄布包着的四方块东西，听大人们说，是皇帝的大印。说是只要往一篇字上盖一下这个印，那些字就变成了圣旨，天下的人都不能违抗，违抗就杀头。后来在关公庙里看到，关老爷的义子关平手上也掌着这么个东西，听人说只要这东西往一张纸上摁一下，就是军令，传下去多少人头就会落地。后来我长大了，知道有个红头文件也是好生了得的东西，也知道当官的都握着一个印把子。我在部队工作时，就曾替首长管理过一堆级别不低的印章。

大集体时农村的生产队长，大小也算个官儿，也有象征权力的印章。它叫印板。长宽各约三十厘米，不比皇帝的玉玺小，不能用来发号施令，而是盖在一囤囤的麦粒上边，它一样是权力的象征。我的故乡草峰塬上，曾经有一百五十个左右的生产队，也就是说应该有一百五十多个印板存在。现在到底有多少存留在民间，我还没来得及考证。

印板作为权力的象征，它的使用程序，当下的村民估计也没几个知道了。按说生产队长张嘴吆喝就是命令，用不着行文用印。可农村主要产粮食，能掌控粮食才是生产队长们的权力所在。我们陇东主产冬麦，麦收后经过打碾晾晒，然后把麦粒装在一个个用草席或柳条做成的麦囤里，把上面裸露的麦粒抚平，然后把印板拿过来摁上去，印板上的图案就显在了上边。这图案就如封条一般，别人就没法动这囤麦子了，要动得队长亲自开仓验印才行。我不止一次地见过印板留在麦粒表面上那清晰好看的纹路，社员们都把这个纹路叫印花子。我曾经偷偷地弄一堆黄土，用父亲掌管印板的机会在上面玩过盖印花子。我看到过的印板多为桃杏木所刻，上面的印花子大都是"印""信""粮""丰收"等字，多为民间匠人所刻。有些大些的生产队，会把印锯成两半由两人保管，有些像现在某些保险柜设双钥匙。

我家所在的赵湾生产队户数少，印板是一整块。就像关老爷要关平掌印一样，生产队长也不能把印板整日挂在裤腰带上，就算他想挂还有人不答应呢。可让谁掌这个印板，学问就大了。据说现在好多国企里面，新老总上任后，都要把出纳换成自己人，为的是把钱控制在自己手中。生产队长一样要选个自己信任的人掌印板，可见这事儿没什么客气可讲。关于这一点，我父亲的故事最能说明问题。

父亲是 1938 年生人，新中国成立后当过社里的贫协组长，也算是村庄里的老革命了。按说弄他个生产队长干干，本是顺理成章的事情，可这事儿硬是没弄成，对此他心里窝火了一辈子。原因说起来也不长，我们一祖源流的赵家，分住在不同的生产队里，我们最亲近的家族是住在沟脑队上的，因为分家、土地和距离的原因，我家被分在了赵湾队里。赵湾有两大家族，虽说早已分成了近二十个小户，可按当下的说法，还是有潜规则和凝聚力存在的，其中一家的成分还很高。父亲曾经当了两天半队长，号令不动才散手不当了，老革命在封建家族面前吃了败仗。当不了队长、副队长，当个会计出纳总行吧，也不行。父亲大字不识，干这些事情他没那个能耐。思来想去，只有这个带印的保管，非他莫属了。也没费什么劲儿，父亲很顺当地掌上了印板。据母亲回忆说，父亲当时提着印板非常神气，走路都是晃着肩膀唱着小曲，仿佛他是执掌了一个生产队似的。没事了就拿个抹布擦拭印板，出门时要锁进木柜里，钥匙是挂在腰间的。那一阵子，队上开会也叫他参加，上面来干部吃油饼也有他的份儿。队上小灶的粮食不够了，队长也是端着笑脸给他说好话，这让父亲觉得他才是全队真正掌实权的人。这时候，那些吃不上油饼的人，就开始忽悠我父亲了，说你是给穷人掌印把子的，不能帮干部搞腐化，更不能给成分高的人当狗腿子。父亲听了觉得有道理，就开始和干部们闹别扭了，也不再去吃油饼了。

一天父亲跑去看粮仓，发现麦囤上面好几个印花子没有了。拿仓门钥匙的场管说，是麻雀从窗子里飞进去刨平了。没印花子的地方明明有了一个深坑，场管的话分明是骗人，可队长却来帮场管说话，事情是秃子头上的虱子明摆着了。没几天又少了几个印花子，多了几个深坑，场管又把罪过安在了老鼠身上。父亲那时年轻气盛，又仗着替穷人坐天下的高傲，就扑过去打场管，这一打就把手上的印板打没了。从此以后他就再没掌过权，闷闷不乐的在生产队里出了几十年蛮力。

然而父亲几个月的印板并没有白掌，他把学到的那一套掌印方法，用到了我们家里。我家那时候麦子少得可怜，用一个小木柜装，父亲就用他的手掌做印板，来控制这些麦子。他的手像铁耙，五根手指又粗又短，向柜里麦子的表面稳稳地摁下去，一个熊掌一样的手印就出现了。不是防贼防干部，而是防我母亲和我们兄弟姐妹几个，未经他的同意不能动这麦子，动了他会暴跳如雷，直至拳脚棍棒相加。木柜的顶上有柜门盖得严严实实，麻雀和老鼠是进不去的。最初我能理解父亲，那时候麦子少，放开吃几天就完了，逢年过节，或来个亲戚就只能吃杂粮了。后来搞了联产承包，几乎全吃麦子，而且麦子多得也用囤子装了，父亲还是用他的手掌印来控制，这就让一家人反感不已。那时候我已经当兵在外，每次回去都能听到母亲诉苦，说我父亲净整她，每次上塬上磨面，架子车能拉两袋麦子，却只拉一袋去，净跑了路数。这时候有了电磨，我家住在深山里，磨一趟面粉得上山扒洼。我嘴上劝说父亲别再这样，心里却想，他老人家是以前饿肚子饿怕了，又想可能是他给生产队里喂牛的时间长，知道每次把牛喂个半饱，可以节省不少草料，现在为了节省粮食，对家里人也用上了这一招。再后来一家人都搬上了塬，家里积下的麦子几年都吃不完，而且弟妹都已成家另过了，父亲的做法还是不变，这就让我万万不能理解了。而且听邻居讲，老两口为此还经常打架。我苦心劝解，父亲却丝毫不予通融。

前几年回故乡，忽然听不到母亲提这事儿了。问原委，母亲说："一次我实在气不过，就没理那几个驴蹄子印，往口袋里装麦子，你爹扑过来要打我，我一把将他推倒在地上，他老半天没爬起来，再以后麦子上就连鸟印都没了。"

我听完长长地叹了一口气，想给母亲说点儿什么，却又没说出来。

炮房

炮房，具体来说就是预防冰雹时，向空中发射炮弹时所用的房子。这种建筑过去在很多乡村都有，现在已经很稀少了。我老家所在的赵湾自然村，残存的炮房，仅剩下还没有坍塌的三面墙壁，偶有路人进去拉屎撒尿。

我童年时的大集体时代，塬上靠北方向那些突出的梁峁上，都建有炮房。平时是铁将军把门，里边藏有土炮、洋炮和火药、炮弹，都是些生煞之物，路过的人会远远地绕开它。

我了解炮房，是缘于经常去外爷家玩耍。

外爷家和我家隔沟相望，从我们家能看到他们庄的郭涧岭，那里就有一个炮房。我外爷活着的时候，是那里的炮匠，掌管着那个炮房，我有机会溜进去过。炮房里有个名叫将军的火铳，很吸引我。

听说这东西是老辈人留下来的，炮身是高不到一米的粗笨铁管，套着一圈一圈的生铁箍子，配有老碗口粗的生铁底座。平时将军是稳坐在炮房正中贡台上的，脖子上系着红布，面前摆着香火炉。风暴雷雨到来之时，就请下将军来，在它的膛口里先填火药，再塞沙石，而后从底座上的一个小孔处点燃引芯，火药就冲着沙石射向天空，发出的声音能让整个草峰塬抖三抖。

炮房里还有政府配发的炮筒子，老百姓叫洋炮，属于高精尖武器。它看起来再简单不过，就一米五高，二十厘米左右粗的铸铁管，只是挨地的一头封了口而已。把开口的一头朝天，把炮弹点燃引芯扔进去，炮弹里的火药就把一个拳头大的黄泥球冲上天。那球里边藏有个雷管，雷管在天上是否爆炸，只有天知道了。

故乡草峰塬上的雷阵雨，一般都是三暑天的午后有预兆，下午到来。多有冰雹夹带，麦收时节最为可怕。我小时候多次见到雹灾，最难忘的是1974年在外爷家的那一次。当时甘肃旱灾持续了好几年，农村没粮吃，逃荒要饭的都不少。记得当时一声炸雷响过，白刷刷的冰雹就伴着暴雨，从天上倾泻了下来。大的像乒乓球，小的如黄豆。我还嬉笑着想抓几个玩，只见外奶冲院子当中跪了下去，朝天上不停地磕头，口中还念念有词，冰雹哗啦啦地打在她雪白的头发上。雨停以后，我们扑向了麦地，看到麦子都倒伏在地里，麦穗都落在了污泥中，麦粒漂在流淌的雨水上，地头上一片哭泣声。

塬上有特大雷阵雨的最早征兆，是西北方的天边有乌云弥漫。渐渐地随风而来，云如泰山压顶，雷如滚石助威，天地一片昏暗。我从窗户中向郭涧岭望去，只见一道白光冲向天空，而后是一声震耳的轰鸣，我知道是外爷在使他的将军。有亮点冲向天空，我知道那是外爷用洋炮发射的炮弹。每当有雷阵雨经过，而没下冰雹时，村里人都会念叨说，多亏将军发了威，今年的一只公鸡没白献。当然也忘不了说外爷的好话。

我不知道外爷何时起当的炮匠，只听他们村里的人说，外爷胆大，其他人都弄不了这个事情。外爷胆大我信，他人瘦小，腿瘸，看着没神气，却敢抓蛇，爬崖，捉鬼，包括当炮匠。外爷放炮的本事，我是听父亲说的。他说，在电闪雷鸣、风雨交加的时候，外爷敢把洋炮筒子抱在怀里，把炮弹点燃，而后塞进炮管，再把炮口伸出炮房门外，让炮弹冲上天空。听说烧红的炮管，点燃过他的衣服，震聋了他的一只耳朵。外爷的勇敢是有收获的，一年就放那么几炮，生产队里却要给他额外分好几百斤麦子。

在了解了外爷放炮的收获后，我的父亲眼红了。他建议在我们赵湾生产队里建个炮房，由他来放炮，当然也得要几百斤麦子。队长和社员都同意这事情。原因很简单，我们队处在外爷炮房的西边，雷阵雨自西北角而来，会在没挨炮轰之前先下冰雹。队里的将军和洋炮没人会用，长年在关老爷破庙里睡懒觉。砌几堵土墙，棚几根树枝，就是间炮房。至于几百斤麦子嘛，炮响吓走的麻雀，都能省下这点来。母亲和我们兄妹却都不赞成，说是太危险了，耳朵也会被震聋。这之前外地传来的消息说，说有个炮匠立偏了炮筒，射出的炮弹把炮房掀平了。母亲说家里新补了二亩自留地，营务好了就够娃娃们吃半年，不要再把脑袋挂裤腰带上挣那几斤麦子了。父亲却说，他才不会像外爷那样抱着炮筒子放炮呢，天间的事情，要下雹子他也拉不住。至于耳朵嘛，他又不读书听报告，耳背点不生气。父亲决定了的事情，十头牛是拉不回来的，炮他还是放了，而且拿回来了二百斤麦子，社员们还净说他的好话。二百斤麦子是一个人半年的口粮啊，父亲高兴得做梦都唱小曲。有次一股黑云挨了父亲几炮后，把冰雹倾泻到了东边一个叫岭背后的地方。队里为此还专门给他炸了一次油饼，让他享受了一次公社干部的待遇。

然而父亲的时运总是不太好。放了两年炮，农村就搞起了联产承包，干部们的口粮都没了着落，谁还顾得上他这个炮匠。这时候父亲就试探性地问村里人，这炮还放不放，能不能讨到麦子，庄户人家虽说文化不多，可放炮防雹这样的事理还是明白的，都鼓动他继续当炮匠，说赵洼庄四个生产队，百十户人家供养一个炮匠，每户讨上二十斤，讨到一半都五六百斤了。有的还拍胸脯说，讨的时候他们当帮手。父亲于是就继续放炮。秋后和干部们一起上门讨粮，村民给干部的都是簸箕头上的瘦麦子，还骂说就算是喂狗了。对他却是笑脸迎送，给的麦子又饱又圆，说他是刀刃上取利，弄的是玄乎事情。父亲讨来的麦子有六百多斤，欠账的都是些长年门上挂锁的打工人家。这时候不仅仅是几百斤麦子的问题了，父亲在生产队里受了几十年窝囊气，忽然受人抬举，那是非常幸福的。这之后的十几年里，父亲逐渐变成了弯腰弓背的老头儿，可炮房和炮筒子他是从来不放的。

到了90年代末期，村里人家的存粮，一般都能吃上三年。外出打工的人多了，田地撂荒的不少。农民们多为挣钱而苦恼，少为粮食收成操心了。父亲再给他们讲放炮的事情，也没几个人爱听了。

都应付他说，你是炮神爷，你响炮拿粮就成了。似乎是在说：有你不多，没你不少。父亲听了很失落，就常常跟人争论放炮防雹的重要性，人家不高兴了就来一句："又不是不给你麦子，你说那么玄乎干啥？"经常把父亲弄得面红耳赤。可父亲是个固执的人，他还是不愿意从他的炮匠岗位上退下来。

2004年一个偶然的机会，我把父亲带到了几千公里之外的广西北海，居住了两年。其间父亲的最大爱好，就是扒在电视机前看老家的天气预报。到了麦收时节，父亲就心急火燎起来，一天几次电话问雷阵雨，问有没有人替他放炮。母亲电话那头骂他："咸吃萝卜淡操心。"一次我说："爹你是不是盼着下场冰雹，来证明你的英雄。"爹听了就红头涨脸地训斥了我一顿，说我是当了城里人忘了本。他孙子讥笑他说："那个破将军，打冰雹是指屁吹灯，净骗老百姓的麦子吃。"气得父亲几顿饭都没怎么吃好。他孙女上高中懂了些科学，说放炮产生的振动能改变云里的什么分子结构，能避免冰雹生成。他听了高兴，就买水果糖给她吃。临回家的时候，我试探性地问：

"这次回去再不放炮了吧？"

"放。不给麦子也得放。庄稼汉收不上粮食，你们城里人喝西北风呀？"

我送父亲回到老家。进门就听弟弟和家里人说，村里新近出了件怪事，收垃圾的撬开了炮房门上的大锁，把防雹的将军和几个洋管炮全偷走了。父亲听了脸色变得铁青，半天没说话。我的心里则如释重负，只是没有显示在脸上。我想那个贼如果上门的话，我得好好跟他喝几杯。

自从父亲不当炮匠，其他地方也没再听见炮声。草峰塬上的炮房，无疑是走入历史了。

洼

洼是一种地形。

在故乡草峰塬上来说，洼就是很陡的坡，不能修梯田种粮食，只能长荒草和树木，人可以在其中自由走动。洼有些像城市里的公园，是乡里人撒野和开心的地方。有些洼承载和见证了许多代乡里人的喜怒哀乐，和爱恨情仇，能算得上是乡村的文化遗存。

草峰塬上的洼很多，地名中带"洼"的有郑洼、莫洼、长洼、段洼和我老家的赵洼，等等。关于洼的传说很多，最有名的当算赖张家的枣子洼了。1978年我在明星初中上学的时候，一位老师就在课堂上讲了这个传说。说是几百年前，枣子洼为张家和另外一家后来遗忘了姓氏的家族所共有。枣子洼上长的是一种酸枣树，这种树属灌木，长不大，高也不过几尺，全身长刺，结的酸枣却很好吃。突然有一年，两家为争酸枣翻了脸，都说枣子洼是自家祖先所传，直至动了家伙，也没分出输赢。告到官府因没证据，也判不下去。后来一个乡绅出了个馊主意，谁家的人敢从这枣子洼的顶上滚下去，枣子洼就归了谁家。张家有一个人，一听这话跳了出来，一声吼叫就滚了下去，待张氏族人找到的时候，他已经摔得断了气，从他身上拔出的酸枣刺儿，装满了一个大老碗。这样枣子洼就归了张氏一族，另外一族气不过，就迁往他乡了。相邻四舍的人知道了这件事情后就觉得，在这件事情上张家有些耍赖，不够仁义，之后称呼张家时，就在张字前边加个赖字，赖张家这种称呼就一直延续到了现在。这个故事可不是我胡诌，它记载于现今赖张家村里的三官庙大殿前的石碑上。

我生长的赵湾，也有个洼，叫湾里洼。我童年时，湾里洼就是人畜都能够无拘无束、信马由缰的地方。洼有百多亩大，面朝东南，远山环抱，有杂草和杏树生长，有一条三道弯的山路从中间穿过。我家住在洼下的一个叫荒山的小山湾里，从小走洼上的这条山路到塬上去。我看到了洼上草木的兴衰荣枯，洼也见证了我十七年的艰难成长。春天我在洼上折杏花，夏天我在洼上摘杏子，秋天我在洼上扫树叶，冬天我在洼上拾羊粪球。有马蜂在杏树上筑了巢，我带着同学，找来长棍在一端绑上麦草，点着伸过去烧，蜂巢被火烧得哗哗啪啪，我们却被马蜂追得屁滚尿流，脑袋被马蜂蜇了肿得跟马蜂巢差不多。我赶着羊群来到洼上，羊儿无拘无束地吃草，我蹲在向阳处埋头看书，闭着眼睛憧憬未来的生活。我和同学们在这里捉过迷藏，我藏在杏树上，躲过父亲的多次追打。这里藏着许多我的往事。

我上小学的时候，学校里就存在着以强凌弱的情况。我经常被有些同学强迫从湾里洼上带杏子给他们吃，害得我天不亮就爬树去摘。杏子放进书包里把书本都糊得没了样子，就这还受他们的欺负。一次几个人扑过来搜我的书包，搜不到就把书包倒提了起来，书本纸笔散了个满地，我一路号哭着回了家。

一个星期天的晌午，我去塬上的供销社买煤油和盐。刚走到湾里洼上，突然看见欺负我的那几个同学，从对面山上翻过一道深沟，从沟坡爬上湾里洼，窜进了杏树林。我怕他们看见，就低着头猫着腰往塬上走。杏树林平时是由靳老汉看护的。他是个上门女婿，因为腿瘸老拄着个棍，人又迟钝，每次有外庄里的人来偷杏子，等他连爬带滚地追到洼上，偷杏贼们早已翻沟爬上了对面的山坡。他们会冲着靳老汉高喊：

　　"靳老汉，三脚羊。

　　上门鬼孙不好当。

　　一洼杏树看不住，

　　气得直叫爹和娘。"

　　靳老汉绰号"三脚羊"，听了气得牙齿直打战，往后干脆就不怎么管了，我也敢顺路摘杏子了。

　　这时候我刚从洼上拐进一个沟湾里，下了台的老队长起治祥，突然出现在了我眼前，伸出手中的镰刀拦住了我，这让我没想到，啥时候换成他看护杏林了。

　　"偷杏儿没有？"

　　"没……不信你搜。"

　　"一洼的杏儿你紧着吃，沟里上来偷杏贼你告我。"

　　"这……这会儿就有一群。"

　　老队长一听我这话，提着镰刀像恶狗似的扑向了湾里洼。他挥动着手中明晃晃的镰刀，在山路上奔跑，嘴里并没有像靳老汉那样又吼又叫，而是默不作声。他追到洼中间的时候，偷杏儿的那几个学生才发现。他们不急不慢地跳下树，提着装满杏子的书包，大摇大摆地走下了沟里的小路。他们知道看杏的不会追下沟里的，最多是立在崖畔上，冲沟里吼骂几句。老队长到了崖畔上并没冲崖下吐唾沫星子，而是疯了似的用镰刀从崖边掏挖土块，然后举起来朝崖下疯狂地砸了下去。我老远看到后，吓得拔腿跑向了塬上。

晚上回了家，我试探性地问父亲，老队长人好不好。父亲说这人毒得很，他老婆咽气的时候，他一手提着镰刀，一手提着一张破草席，进屋冲老婆喊叫："你快咽气，我等着卷你呢。"我听了这话，胸腔里就嗵嗵乱跳，心想该不会出人命吧。第二天上学后，我看到那几个学生的头上脸上都贴着胶布，就为自己的告密而后悔，身上也因紧张出了汗。大约半月之后，爱欺负我的学生中的一个，突然拍了一下我的肩膀，吓得我额头上的汗毛都竖了起来。他说："以后不用给我送杏子了，那老怂太歹毒，抓住了要人命。"说完又冲我肩膀拍了一把，我当时竟不知道说啥好。

这些年来，我每次探亲，都要到故乡的湾里洼上去坐一坐。山里人家都搬上塬了，养羊的人家也没了，洼上的杏树多枯死，只有荒草比以前长得茂盛。以前那个生机勃勃的洼，现在如一个风烛残年的老人一般，早已淡出了人们的视野。再看看整个村庄，新建的高房大屋也没几个人住了。村庄的消失，似乎都在旦夕之间，一个洼的孤独，又有谁会在意呢。

架子车

架子车是有两个橡胶车轮，和一个木头车厢的运输工具。前边伸出两根平行的木杆，车辕上拴着绳索，人站在两根栏杆的中间，用肩膀扯着绳索往前走就行。

这东西现在乡下都少见了，1976 年左右在我的故乡草峰塬上才出现。之前无论山塬沟坡，运粮送粪，全靠人力肩挑背扛，最多有一辆牛车。那一年农业学大寨掀起了高潮，县上开表彰大会，给我们生产队里奖励了两副架子车的车轮，也就是说这车有腿没身子。社员大会上，生产队长兴奋地说，这个东西比诸葛亮的木牛流马厉害得多，每家都有了它的话，赵湾很快就变成了大寨。父亲回到家里却发牢骚说，架子车再好要人拉，让牛睡觉让人拉车，这是变着法儿整人。母亲也附和说，车轮太小，一个牛车能顶它二十多个。我从学校里回来，就去麦场里围观木匠给架子车做车厢，看到的确比牛车车厢小很多。我曾偷偷地试着拉了一下架子车，竟然一拉就动。三头牛才能拉动的牛车，肯定比过一个小娃娃能拉动的架子车有力气，队长的话看来是在骗人。肯定像母亲说的那样，为了节省草料，才把社员当牛使了。

没过几天，我在放学的路上看到了其他村庄里，用这东西往地里送粪，往粮站上送粮食，走起来好多辆架子车连成了一长串，跟蚂蚁搬家似的。听说富些的生产队里，家家都有了，连胶轮大马车都不用了。而且拉着这东西还能上山下坡，真有些木牛流马的气势。

放学回家，我急切地告诉父亲这些。他说早知道了，队长扛回来的那两个车脚子，都被有钱的人家高价买走了。说一个架子车参加劳动按一个劳力计工分，跟一个娃娃当帮手算半个劳力。父亲这时候不再骂架子车顶牛车了，而是琢磨着如何给家里买一辆架子车，这样我们家劳力少的问题就能缓解很多。一辆架子车大概一百八十元，父亲为凑这个钱绞尽了脑汁。当时正值秋末，为此家里买点新棉花，拆洗破棉衣的计划落了空，连母亲积攒的，塞在墙缝里的几绺头发都卖了，那是要换针线给一家人缝制衣服的。当父亲提出卖掉一罐菜油时，母亲不干了。菜油十来斤，那时候炒菜很少，这些油多是用来擦拭锅底的，不然烙饼和做散饭时会粘锅。父母先争吵后厮打，后来父亲下了狠手，母亲就鼻青脸肿地带着我的一群弟妹，逃难似的去了我外爷家。可这并没有改变父亲买架子车的决定。第二天一早，他把我放在了家里，自己提着那一罐油，翻过潘杨涧河，到镇原县的新城镇上，赶集卖油去了。

初冬的草峰源上，天高云淡，可已经寒气逼人。荒山上总共住着我们四户人家，还住得七零八落的。同院的二伯父，长年工作在外，伯母带着孩子这时候去了娘家。深山孤岭里，就我这个十三岁的小娃娃守着。家里缺食没养狗，能听到的就只有乌鸦的叫声。父亲出门后，我就倒插了大门，把家里的所有铁锹镢头都顶在了窑门里边，钻在窑里不出门，尿都是胆战心惊地从门缝里射出去的。太阳落山后还听不到父亲的声音，我就有些惊慌。月光落在院子里的时候，我开始恐惧了。悄悄吃了半碗剩搅团，就点着煤油灯，盼着父亲回家了。

我守着那一粒灯火，一遍又一遍地屏住呼吸，听外面的动静，盼父亲的敲门声。一股风吹向院里的大门，门扇就哐哐乱响，我的心就一惊。风从院里掠过，地上的树叶枯枝被挟裹着往我住的窑门口跑，发出一阵古怪的声音，我的胸中就嗵嗵乱跳。风再一推窑门，我的心就从嗓子眼儿处往外冲。门不响了，我的心才又踏实地落在胸腔中。这样来回折磨，我的心就如揪一般难受。窗缝里如果有风透进来，那一粒灯火就颤颤悠悠，随时有熄灭的危险，我只是着急，想不出任何救它的办法。后来多少年里，当我孤立无援和孤苦伶仃之时，常常会想起那个晚上的那粒灯火。

大约过了零点时分，大门咚咚响了。听到父亲熟悉的咳嗽声，我爬起来开门冲向了院里。父亲手上提着的罐子晃晃荡荡，我知道菜油卖掉了。父亲带回来几根黄瓜，折了一截塞到了我的嘴里，把其他的泡进了水缸里。凑合着吃了点剩饼子，就上炕睡觉了。那一夜，父亲是搂着我睡觉的。我们兄妹五人出生间隔都短，在父母那里“得宠”的时间都不长。之前我就没有父母搂着我睡觉的记忆，十三岁的这一次算是唯一的了。尽管由于太激动，没睡多少时间肘子不小心撞了父亲的眼睛，他一生气把我推到了一边，可这种温暖我还是记到了今天。

三十五年后的一天。我独自一人提着把雨伞，挎着相机，重走了父亲当年的卖油路线。保守地估计，单程有二十公里，一半是山坡路。我用了半天走了一个单程，后面几公里还是坐的汽车。父亲提着个笨重的罐子，少吃没喝地来回走了四十多公里，那是一种怎样的疲惫？

架子车终于买下了。父亲拉车我牵绳，在寒假里参加生产队送粪挣工分，心里那个高兴劲儿，真是没法形容。稍有不足的是，因为差二十元钱，买的是旧架子车，车轮上少了护板，我不能像别的娃娃那样，在空车时坐上去让父亲拉着走，并摇晃起两只脚丫子。

这个时候，架子车在草峰塬上的发展可谓突飞猛进，一两年内几乎每家都有了。农业学大寨新修梯田大会战中，挑箩筐变成了推拉架子车，如同小米加步枪变成了飞机加大炮。架子车也改变了我家的生活，到我当兵离开故乡时，凭借着它，我们在塬畔上大致修好了一处新窑庄。几年后父母带着他的一群儿女，离开了那个偏僻孤独的荒山，举家搬上了塬。

离开故乡多年，我的心中始终有一种架子车情结。通过各种渠道，我知道了故乡有关架子车的一些事情。父亲买的那辆架子车，被堂弟戏耍时从两丈高的地方推了下去，折断了两条栏杆，父亲竟然没生气发火，伯父从城里回来修好后重新又用了。三妹用架子车推着二妹玩耍，连人带车推下了有五层楼高的悬崖，因为泥土柔软而人车俱在，二妹只是受了些轻伤。有一年我五十多岁的表哥张明怀，回到老家草峰塬上，用架子车拉着他八十多岁的父亲走亲串友，往返二十多公里，成了塬上的一道新风景。表哥长年在兰州工作，任处级干部多年。他的行动让许多人好奇和不解，他就解释说："不是掏不起几个出租车钱，是老人坐架子车不晕车，路见熟人可直接说话，到熟悉的地方想停就停，在亲戚家想住就住，免得门外老有个司机在催促。"

转业后我回老家，在路上老远看到三妹拉架子车很艰难地爬坡，三妹夫远远地溜在后边，不肯赶上去帮忙。我过去问其原因，是三妹夫嫌拉着架子车丢人。这让我火冒三丈，当着路人的面，把他好一顿训斥。我本来想踢他两脚，想着他不姓赵才忍了。回去说给父母，才知道这时候的草峰塬上架子车已经过时，好多人拉着它都觉得有失面子。

去年我回老家，一路上基本看不到架子车了。快到家门口时，忽然看到白发苍苍的母亲，一个人拉着架子车匍匐而行。我赶上去帮她拉，发现车上也没拉什么，就劝她老人家以后再别拉这又重又笨的东西了。她说："塬上路平，拉上它赶个集，买点东西也方便，比背着强。路上走不动了，还可以放下来蹲坐在车檐上歇缓一会儿。实在走不动了，遇上庄里的学生娃娃，给他们点糖果啥的，哄着能把车拉回家里。"唉！父母亲有五个儿女，现在都各奔东西了。老来无助，竟然依靠架子车当帮手，做儿子的心里实在感到惭愧。

泉

草峰塬属于半干旱地区。这里降雨量少，地下黄土层又厚，打井难度大，人畜饮水都靠塬下深沟里的泉水。塬上有一百多个自然村，预计有泉一百五十多眼，牛羊这些畜生饮水的那些针眼儿小泉还不算。这些泉大小不同，形态各异，是一道奇特的景观。

我童年时，参加学校课外劳动和走亲串友的时候，在不少村庄的泉里挑过水。泉看起来是一池子清水，是在有泉眼的地方，掏一个大土坑，让泉眼里涌出的细水积聚起来而形成的。大泉有二十多平方米的面积，小泉也有三两平方米。泉眼的大小和涌水的力度是泉大小的决定因素，大的泉眼跟济南的趵突泉一样，咕咚咕咚地往外涌水，老远就能听见声音，针尖泉眼儿得趴在地上才能看清。我在故乡看到的最大的泉眼，是土门村深沟里的泉，水流有碗口粗，从一个石崖缝里喷涌而出。水质清凉干净，不用挖坑积聚，可直接用桶盛接。我在夏天偶然去那里挑过一次水，当时手伸进水里，能凉透骨头。我伸过水桶接水时，水流差点把我和水桶冲走。有力气的人能摁住水桶，可冲进桶里的水实在太有力量了，猛撞桶底后一个反作用力，就泼了我个满怀。听弟弟说，塬上的岭背后村，有个比这还大的泉眼，我没机会见到它。一般的泉眼，多为指头和筷子粗，后者更多一些，有时候还能看到针尖泉眼聚成一窝。我家所在的赵湾村的深沟里有一汪泉水，寒冬腊月里，丈余地盘内绿草青青，热气腾腾，是牛羊饮水的好去处，夏天手伸进去却冰冷刺骨。现在想起来，它应该是很有价值的温泉了。想必是故乡人不识宝，商家们还没发现罢了。

小时候，我最喜欢的是那些针眼小泉。暑假的时候，跟着羊群后边拾羊粪豆，积起来交到生产队里换工分。我们能在沟崖深处湿软的泥土里找着泉眼，然后要来羊倌手中的镰刀，用刀尖在泉眼处，掏出一个坑来，然后就去拾羊粪豆，拾满箩筐了，羊也吃饱了，太阳也要下山了，我们跟着羊倌，唱着小调赶着羊群走来，一汪清澈见底的泉水就摆在了眼前。我们先扑过去，撅起屁股伸嘴喝足一肚子，再轮到羊喝。羊喝完了，我们会解开裤腰带，射进去它几泡臭尿。到了寒假，再找那些针尖泉眼就更容易了。找结冰的地方去准是，用镰刀背敲开冰层，里边就能看到有水流动。再敲出一个冰窟窟来，等上一会儿，准能积一汪泉水。我们和羊喝完后，就不能把尿射进去了，后面来的羊倌，看到热尿浇出的一连串窟窿眼子，会骂我们八辈祖宗的。当然最好玩的是溜冰。那些泉水流到河沟里形成的小溪，这时候全都结冰，连结起来成了一条弯弯曲曲的玉带。我们把装羊粪豆的箩筐搁在冰面上，把屁股蹲在里边，让别人从后边推着在冰上滑行。我们轮换着推，轮换着蹲，在冰面上连起长长的一行。

自古以来，人们都喜欢逐水草而居。故乡的草峰塬属半干旱地区，雨在秋天下，水在沟里流，逐泉水而居就成了必然。但泉水多处在悬崖沟壑深处，山洪和泥石流多，所以人只能住在离泉水较近的半山腰处，这样挑水就成了大问题。一直以来，我家都怨我爷爷选了荒山这么个破地方安家。虽说也是个半山腰，可山下红土沟里的泉眼小，挑水的路挂在悬崖上，泉水里净是难以沉淀的红泥。我的记忆中，父亲进了家门的头等大事，就是找扁担提水桶出门挑水。印象最深的一次，父亲夜里挑水回来，浑身的衣服湿透了跟水里泡过了一样。后来听母亲说，是父亲来不及洗衣服，就趁着夜黑没人，脱下衣服用水桶当洗衣盆洗了，湿着穿身上挑水回了家。

大约是十岁，我接过了父亲的挑水担子。刚开始挑半桶水，因为个子小，扁担上的铁链子得缠上一圈。红土沟里的泉眼有筷子粗，是出现在悬崖塌陷后堆积的大土堆上的。平时有两个泉，人畜各用一个。这泉的位置实在不好，处在泄洪的通道上，夏天一场暴雨降临，泉就没了影儿，就得重新掏挖。大约是1971年的春天，当时社员们在红土沟畔送粪。中午时分，沟里突然一阵"轰隆隆"，紧接着一沟的尘雾升腾上来，弥漫了整个天空。尘雾消散后人们发现，沟里发生了滑坡，大土堆和两汪泉水都没了影儿。万幸的是当时没人挑水，只埋掉了沟畔上吕家搁在泉边上的两只新铁桶。我对那两汪泉水最难忘的记忆是，牛羊这些畜生老跑到属于人的泉里喝水。一次生产队里一头年轻好看的母牛，在我刚舀水的时候冲了过来，两只前蹄直接踩进了泉里。我怕它用头顶我，就赶紧闪到了一边。这个该挨刀的母牛，在喝足水后，屁股往边上一扭，把一肚子的尿水稀里哗啦地撒进了泉里，而后扬长而去。我当时就气晕了，我瞅着头顶的蓝天发了老半天的呆。家里做饭等水下锅，我只好舀满两桶挑回家。路上我就暗下了决心，等我长大有钱了，一定把那头牛买来宰了吃肉。可后来有钱了，生产队都没了，那头漂亮而可恶的母牛更是没了踪迹。

下到红土沟里挑水的路，是开凿在悬崖上的，宽两米左右，最陡处45度，有两个360度转弯。我走这条危险的崖路好几年，从恐惧中得到了经验，就是不向崖下看，不后退半步，扁担得斜挑，转弯换肩膀。当时生产队里有一圈牛养在沟畔上。如果听到有牛蹄声，那无论如何得赶到拐弯处躲避，不然一群牛挺着大肚子冲下来，后果是可以想象的了。死神曾经多次与我擦肩而过，这都得从我家的水桶说起。我家的两只水桶不一样，一只木的，一只铁的。木桶小而重，已经老化漏水。每次下沟里挑水，得先用稀泥糊好木桶底部的漏洞才行，有时中途得抓把黄土撒进去。就这样一木桶的水，动不动就变成了半桶水。一天，我在下沟的崖路上滑倒，人没有滚下沟去，手死死地抓住了铁桶，木桶却滚下了山崖。没找回来摔散的小木板，只拾回来一个箍桶的铁环。我知道这木桶在我们家的分量，吓得不敢回家，在门前的土坡下号啕大哭。我哭的意思很明确，告诉父母我闯了祸，我很无辜，我怕挨打。如果父亲提根棍子追出来的话，我就转身翻沟过涧，去外奶家躲避。只是那天运气好，遇上大姑回娘家，听见了我的哭声，拉我回了家。后来家里卖了一篮子鸡蛋，买了只新铁桶，我们家的水桶才配成了对儿。

我离开故乡不久，随着村民搬迁上塬，和自来水的逐渐普及，塬下的大部分泉就都废弃了。近几年又搞退耕还林，山里没有了羊，泉这种景观就几近绝迹了。我每次回故乡，都是要去红土沟畔望一望的。面对崖路坍塌、物是人非的景况，我会长吁短叹。

估计这泉和有关泉的事情，在故乡草峰塬上不久就会成为一种传说。

浆水罐

我的童年时代，故乡草峰塬上许多人家的锅台上都放有一个一尺多高的陶瓷罐，罐口盖个菜盘，这就是浆水罐。塬上的锅台，多是黄泥土坯砌成，上面有一大一小两口铁锅紧挨着，浆水罐多立在靠墙的三角地带。每当锅里有剩面汤和剩面条时，就舀几勺子到罐里，方便时再扔些菜叶进去，过上一夜，里面的水就变成了浆水。待锅里煮好了面条，揭开罐上的盖子，把罐里面的浆水舀出几勺子调入锅中，锅里立刻就会汤清面筋，吃起来酸而爽口。如果把干锅烧热，往里面滴些菜油，扔些蒜瓣，再舀几勺子浆水下锅，一股子香味儿会直往人的鼻孔里钻，能把人香死。

浆水是我童年时，故乡草峰塬上多数人家，除盐之外最重要的调料了。它不仅可口，而且调制和用料简单，有剩汤剩饭就行，不用花钱买。在那个点二两灯油都靠鸡屁股里掏蛋来换的年代里，这是难能可贵的了。当然，也有不吃浆水的人家，他们大多有家人在城里上班挣工资。他们说平凉城里的人不吃这东西，说是剩汤剩饭本来就不卫生，混在一个罐里，大热天的，憋上几天早臭了，闻起来也净是一股子脚丫子味儿。因此当时有了"穷吃浆水富吃醋"这样一种俗语。

我对于浆水的认识和记忆，是缘于下面这样一件事情。

1974年暑假期间，遇上生产队里碾麦子。当时碾场翻场轮番上阵，中午没休息时间，我家住得偏远，父亲没法回家，母亲看护着我的一群弟妹本来就忙，还要打碾家里自留地里收的麦子，我就承担起了做饭送饭的任务。那时我虽然只有十岁，可简单的面条已大致会做。头一天送了半罐面条去，父亲从罐里往外舀，舀出的全是面糊糊，筷子挑不起一根面来，这让一群女人看了笑话。她们端起饭碗比，夸奖自家的娃娃会做饭，讥笑我母亲不会教，父亲听了也不大高兴，就没把面条再往碗中挑，而是手举起罐子，用筷子连面带汤直接刨进了肚子里。回家说起这事儿，母亲说，面条做得没问题，肯定是柴火太软太湿，锅里的水急忙烧不开，面条泡的时间长的缘故。夜里我琢磨了好长时间，第二天一大早，就爬上了大门口崖坡处的那棵有三丈高的老榆树。榆树顶上有个很大的喜鹊窝，全部由干枯的树枝垒成。我撕拆树枝往下扔，弟妹们在地上拾，两只喜鹊拍打着翅膀鸣叫着来回飞着扑。我看着窝里毛茸茸的喜鹊儿子了，心一软才停止了撕拆。有了这些树枝，中午煮面时，锅就开得很快，面汤都溢了半锅台。面送到麦场后，我想让那帮刁婆娘们瞅上一瞅，可父亲担心女人们又多嘴，就躲在没人处吃了饭。我问怎么样，父亲说汤清多了，就是面没揉好，面条断的太多，粘在一起的不少。这事儿好办，第三天一大早我就动手和面。面案子太高，踩个小凳子用不上力，我就跪上去揉，累出了一头的汗，沾上了一身的面。中午送去时，父亲正坐在一群人中间。我很自信地把面罐递了过去，父亲往碗里舀时，果然面是面，汤是汤，汤面分明。父亲吃得美滋滋的，其他人看着直流口水。这时一个刁钻的婆娘说："看着啥都好，就是汤有些浑。"我急忙争辩说："清的那是调了醋的，我家是浆水。"那婆娘说："浆水一样汤清。"

"是没尝出浆水味儿。"父亲改劝说。

"我是从浆水罐里，往锅里舀了好几勺的啊。"我哭似的大声嚷嚷。

多嘴婆娘又笑话我母亲不会做浆水，说好几勺子下了锅，汤还跟泥浆似的。回家后我搬了浆水罐尝，果然没啥酸味儿。原来是我每天送饭走后，弟妹们把剩饭剩菜剩汤都吃喝了个精光，只往浆水罐里加了几瓢凉水进去。我当时气得发了疯，抓起一个扫把，学着母亲的样子，把弟妹们追着打了个鸡飞狗跳墙。

1990年秋天，我从河西走廊调到兰州工作。一天意外地发现省城里的人也吃浆水，而且比我们乡下人吃得更疯狂。不是向面汤锅里加几勺子进去，而是把煮好的面条，直接捞进一锅浆水里，连汤带面吃个锅底朝天。还配上陇西腊肉，酸辣黄瓜，凉拌水萝卜，咸韭菜等，吃得有滋有味儿。原来我们平凉城里人，是丑女多作怪了。我于是又开始吃起了浆水，平时也乐意与朋友们探讨如何做浆水，也不忘吹嘘一下故乡草峰塬上浆水罐的神奇，和浆水的美味可口。

2003年我从部队转业，春节时一家人回到了故乡。多年的军旅生活结束，我的身心也轻松了许多。忽然想起浆水，就让母亲做了一罐。老婆孩子都说有臭脚丫子味儿，我就独自享用了。我转业选择的是自主择业，村里一些人知道我丢了官、丢了房，老婆没正式工作，两个孩子都上学，处境跟民工差不多，就对我端着大碗吃浆水，有了另外的看法。我记得那是腊月的一个晌午，天气很冷，但风和日丽。我赖在火炕上睡了一回懒觉，早饭午饭就一起吃了。刚端起饭碗，就见有人趴在窗户上往里瞄，还有人在小声嘀咕。

"丢了官就成了土鳖一个了。"

"端着盆子吃浆水，看来醋是接不上顿了。"

我装没听着，喊他们进屋里坐。话音刚落就推门进来了一群人，都围过来像看怪物似的，看我吃浆水面。问我城里的醋价是不是涨得厉害，是不是要在草峰塬上安家，说是拖家带口的，在城里过活不易，回来种粮种菜方便，也不用买醋，浆水就能凑合了。这时一位老婶子突然瞅着我喊："这么大人了，落啥泪呢？"

"没有，我吃着浆水里的朝天椒了，辣得我想哭。"

前两年我在故乡盖了房子，村里人终于相信我是要叶落归根了。我执意在房子里修砌了两个火炕，邻居们都很不理解，说现在没人睡这个了。我说父母还健在，离不开这个的。其实我心里还有一个打算，就是在没有了泥土灶台的情况下，往炕上放一个浆水罐，这样浆水酸得快，随时都能吃。孩子们很快就能自立了，父母也都年过了七旬，我回乡定居，常吃浆水的愿望，在不久就能实现了。

磨窑

磨窑就是推磨的窑洞，是把粮食磨成面粉的地方。里面有石磨、磨台、磨担和一个黄泥抹成的筛面台子。再豪华些的话，窑边上会挂盏带玻璃罩的煤油灯。

在我的故乡草峰塬上，磨窑几乎是家家都有的。世世代代的生活中，它跟灶火窑一样重要。在我的记忆里，我家的磨窑里，常年都是热闹的。不是父母们在推磨，就是我们一群娃娃在里边嬉闹玩耍，要么就是一群鸡，在里面啄食拉屎争斗。在磨窑里，推磨是一件最闹心的事情，这事儿跟挑水和打柴一样，都是我们乡下的苦差事。我们兄妹小的时候，母亲在家照看我们和推磨做饭。我们稍大一些，母亲挣工分去了，推磨就成了我们兄妹的事情了。这活儿再小的娃娃都能参与，不像到红土沟里挑水，得我一个人承担。我家的石磨用的时间久了，磨损太多，重量不足，老磨不细粮食，我就让三岁的小妹坐在上边。可她还不懂事，胡抓乱扔粮食，还往里头撒尿。二妹坐上去又晕又吐。其他人都争着往上坐，就是没人喜欢抱个磨担推着石磨转圈子。于是我们就数着圈数轮着上，为此经常争争吵吵，哭哭闹闹，没推上几圈就到院子里推铁环、捉迷藏、打弹弓、扣麻雀。经常是父母劳动完回家来了，我们还没磨下做饭的面来。有时候鸡趁机钻进去啄食，猪趁机钻进去拱磨台，把磨窑里弄得一塌糊涂。父母经常为这些事情，提起扫把追打我们。一次因为我们贪玩没磨下面，误了父亲的上工时间，父亲被队长骂了个狗血喷头。父亲回家就冲我们吼："养你们不如养头驴，养头驴还能帮着推磨。"夜里听父亲给母亲唠叨，说队长骂他养那么多娃娃，不如养头驴。母亲则劝说："他一个没藤没枝的光葫芦，老了有他难过的时候。"

队长是个老光棍儿，这我是知道的。我每天上学都经过他家门口，他家如何推磨，我却没留意。一天下午放学，因为路上贪玩回来得迟，意外地碰上了。

他家大门是开着的，先是看到一个脑袋搁在窗台上。原来他家磨窑里有炕，石磨上用绳索套着一头驴，人睡在炕上指挥驴推磨。队长是个秃头，露出的头皮，跟趴个癞蛤蟆一样吓人。怪不得他长年戴着帽子，原来是为遮掩。我认出是生产队里最壮的那头叫驴。平时这驴又吼又叫，张狂得很，没几个人能使得住，现在嘴上带着铁笼嘴，眼睛上蒙着一块黑布，不哼不哈地只知道绕着石磨子转圈圈。这秃子就是本事大，把这么厉害的叫驴都能整治住，怪不得能当队长。再仔细看，磨上的麦子全下了磨眼，驴拉个空磨转圈子，秃子队长睡觉还没醒来。我转身就跑了。我盼着那空磨里磨下的沙粒，能蹭掉队长几颗牙才好。晚上回去我问母亲，我家为何不能用队里的驴推磨，母亲说那得等你爹当上了生产队长。我没盼到爹当上队长，却赶上了农村联产承包，有钱可以自己养驴了。这时候我已当兵入伍，知道家里日子好起来了，就多次写信催促父亲买头驴。父亲回信说草峰塬上全部用了电磨，我才死了这份心。

草峰塬上的磨窑，从这时候起没了用场，多数都是野草封门，连它的主人都不光顾了。冷落自不待说，没多少时间它们还遭了大灾，这得从在塬上流传的两个精彩的故事说起。

1982 年的时候，塬上有个三十岁的王光棍，因为人懒，日子过不下去了。由于他是地主家的后代，村里就有人逗他说："你的祖上以前点灯用水缸装油，灯芯粗得跟麻绳似的，难道就没给你留点东西？"王光棍一听就动了心思，提起一个镢头，在自家老屋里甩开膀子乱挖，几乎来了个掘地三尺，也没见到个银钱渣渣。最后王光棍提着镢头红着眼睛进了磨窑，嘴里骂道："你吃金拉银的，啥值钱的都没留下，留这么个石磨子有球的用。"说着就抡起镢头挖了下去。没挖几下，两扇石磨就成了四瓣，没看到闪出金光。再往下挖，一道银光从裂开的石缝里闪了出来。王光棍以为是有白蛇爬出，吓得往后退了几步。傻看了半天没啥动静，头往前伸再看，一米高的磨台里面，装满了白花花的银圆。再下来的事情就可想而知了。草峰塬上的磨台很快都挖完了，可就是没人找到银子。故乡的人并不愚蠢，磨台里没银圆，面台里就没有吗？说不定磨窑里其他地方还藏有金条呢。于是又都挖倒了面台，可连块石头都没挖出来。

面台是筛面的地方，讲究些的人家都会在墙上贴些纸，防止黄土掉落在面粉里。有个叫朱狗子的人，在这些糊墙纸里意外发现了名堂。他看到了像纸钱的东西，叫来老人识别，认出是民国时候的纸钱。据说是 1949 年的时候，通货膨胀很严重，钞票多得用麻袋装。国民党跑了，朱狗子的爷爷就把手上落下的票子糊了墙。朱狗子听人说，这钱在台湾还在用，就请了个裱糊匠揭下来用水浸泡处理，最后弄出来了十来万，按一万换三百的比例，卖给了走私贩子，得了四千多元人民币。这事儿一传出，好多的磨窑就被挖成了千疮百孔，据说挖塌陷的都有。

1986 年我回家探亲，看见我家的石磨也移了地方，磨台没了踪影，磨窑里拴着牲畜。我问父亲是不是也找过银子，父亲的嘴里只打哈哈。家里人却揭发说，父亲是在磨窑里胡乱挖过。唉！父亲也真不动动脑子，这石磨是我爷爷置办下的，他老人家一辈子都是个牵驴贩炭的脚户，最后是饿死的，能有多余的银钱到处藏？毁了那石磨，他老人家留下的唯一念想也没有了。

场房

故乡草峰塬上，把堆放和打碾粮食的地方叫场，看管场里粮草的人住的房子叫场房，看场并住在场里的人叫场管。场房的出现和兴起，主要是在吃大锅饭的生产队时期。我童年上学时，先后奔走于塬上的几个学校，见到过好些场房。

场一般都在平坦宽畅的地方，因为怕洪水，还要选在地势较高处。场房又建在场里的最显要处，为的是瞭望和看管方便。场房为二层楼，用土坯砌成，里面暗藏木柱木梁，房顶为人字形两面坡，坡上铺有青瓦，上下两大间，二楼门口是一个平台，一般都没护栏。一楼做仓库，二楼场管住，四面有窗户。那时百姓多住窑洞，破庙里的神仙，和公社大院的干部也都住着平房，二层楼的场房就是最牛的建筑了，在每个村庄里都是鹤立鸡群的。一百多平方公里的塬上，有约一百五十多个生产队，场房自然有一百五十多个。如果从空中俯瞰，矗立在庄稼和树木之中的这些两层土楼，无疑是那个时代故乡最宏大的建筑了。

场房的楼上都砌有一个大炕，啥时候都是热得屁股放不上去，点的煤油灯也是长夜不灭。遇到谁家夫妻闹别扭，或家里来客人时，村里的男人就会胳膊肘下面夹条被子，昂着脑袋去那儿睡觉，似乎那炕是全队人家的公炕。寒冬腊月农闲时节，夜长睡不着觉，一群臭男人聚在场房的热炕上，打扑克牌赢钱，赌赌手气，仿佛那儿是村庄里的娱乐室。这场房还经常当主席台使，生产队开大会的时候，社员们都围坐在木梯旁边，队长站在二楼的平台上喊三喝四，其他干部和上面来的头头脑脑们，都躺在二楼的大炕上。听说场里以前经常开批判大会，路过的红卫兵还在场里搞过誓师，场房上会插满红旗，高音喇叭要架好几个，楼台上一人挥拳头，场里就挥起一大片，呼喊声能把整个草峰塬震倒。

我家住在偏僻的荒山上，很难享受到塬上生产队里场房的好处。对此我是既羡慕又嫉妒，心里常怨恨爷爷给我们选错了地方。一次我跑到四十公里外的白水公社看电影。夜里回来不敢一人走山路，就去场里投宿。爬上木梯时，发现梯子上边全是冰溜子，原来是上面睡的人，夜里出来撒的尿结成的。木梯由碗口粗的两根木头做成，脚踩的横木之间有一米的距离，我腿太短脚踩不上，就抱着梯子往上爬，被尿冰滑下来摔得鼻青脸肿。好不容易爬上去，看到炕上横七竖八地躺着十多个人，都睡得跟死猪一样。满屋子都是烟味儿，看样子刚赌完钱。

"弄啥来着，黑天半夜的鬼上门。"场管说话了。

"看电影。"我说。

我咬着牙往炕上挤，没人给我让点儿地方。勉强把身子搁在了炕边上，一夜没盖上被子，一直哆嗦到天亮。夜里睡不着的时候，我就幻想着我父亲能当上这个场管。那样的话，我每次夜里看戏看电影回来，父亲一定会把我从木梯上拉上来，会让我睡靠窗的那个最宽敞最暖和的位置，弄不好还会搂着我睡。

翻过年的秋天，我父亲意外地当上了场管。一天下大雨，放学后我就直接去了场房里。夜里遇上了贼来偷粮食。我先听到了外面有动静，就推父亲醒来。父亲一手提手电，一手提裤子跑出门，发现梯子被人移到了一个墙脚上。听着场里堆放玉米棒子的地方有动静，用手电照，却看不清楚。父亲在楼台上很焦躁地来回走了几圈，有些想跳下去，犹豫了半天还是没动。我张嘴喊有贼，他伸手捂住了我的嘴巴。最后干脆转身进门上炕，用被子捂着头睡觉了。天亮出门发现梯子又立在了门口。父亲下楼转了一圈，回来没说贼的事情，只是交代我不能在学校里乱说。

第二天在家里听父母一起嘀咕这事情。父亲说："弄走了有两背篼的玉米棒子，还能挪动那么重的木梯，估计有三四个人。"母亲说："不跳下来就对了，以前场里也有过这事儿，场管跳下去追，贼没追上，却把腿摔断了，没报到医药费，还扣了不少工分，挨了批斗。"我在一旁插话："为啥不在楼台上喊叫抓贼？"父亲教训我说："就算抓到了贼，也得吓唬吓唬放了，邻里邻居的，这年头偷公家不算贼。"

冬天农事忙完了，场里基本没什么事情，就是赶一下麻雀和野鸽子，吓唬那些小娃娃别在草堆旁玩火而已。寒假期间，一天父亲

102

有事，我早晨带了点饼来场房里替他守着。父亲走后，我对屋里放的那个木桌产生了好奇，那是队里会计办公用的。桌子的抽屉上挂着把锁，因为桌子破旧干裂，我拉扯几下锁，抽屉就露出一条缝来，能看到里面一截细竹管。我很好奇，就找来父亲吃饭用的筷子，伸进去往外拨，看到底是啥东西，拨出来发现是只插在细竹管里的圆珠笔芯。那时候的简易圆珠笔，多半是这么制作出来的。当我看清楚后，心里扑通跳了一下，"偷公不算贼"的话开始萦绕在了我的耳边。我实在太想有支圆珠笔了，就哆嗦着手臂，用筷子从抽屉里夹出那根笔，藏到了炕上靠窗一边的草席下边。

晌午，会计从木梯上爬了上来。我看到他时，身上不由得一阵疼挛。这个会计嗓门粗，脾气大，说话做事从来都是一副恶狗架势。他是来做账的，进门就拉抽屉取账本和笔。我急忙爬上炕去，屁股坐在了藏圆珠笔的那一片席子上。会计找不着圆珠笔了，就转过来问我，我涨红着脸说不知道。会计就转过身冲我扑来，像提小鸡一样，把我提到一边，而后翻被子揭席，圆珠笔很快就从我坐的地方找了出来。他就翻脸骂我是贼种，骂了我赵家几代祖宗，还说要把我告到学校里去。

"不……不是偷公不算贼吗？"我怯怯地说。

"放狗屁。"会计冲过来就给了我两个嘴巴子。

我挨了打后，缩在炕角里，吓得连大气都不敢出。会计又过来说要再查一查，看我还偷什么东西没有。一把提走了我装饼子的布袋子，掏走了总共两个大饼，趴在桌子上一边记账，一边吃了起来，一会儿工夫饼就没了踪影。我当时只盼他吃了后，能不告到学校里去，那里可是百分百要被当作贼处理的。会计心安理得地吃了我的饼子，后来的确没告我的状，也没声张出去。我则没了午饭和晚饭，饿到第二天早上回了家，肚子里才进了食。

这事儿从来没给人说过，心中却一直没有忘记。

前几年我回到故乡草峰塬上，没再找到那种土坯垒成的二层楼。村民们说，场都没了影儿，哪还有场房。是啊！皮之不存，毛将焉附，我净打问的是些无聊的远年事情。

（发表于《飞天》杂志 2015.1，
获第二届《飞天》十年文学奖）

1980：梦若磐石

1

那是年轻时代的事儿了。

那时候高考恢复不久，我读的虽然是乡下的初中，却算是个尖子生，由此就生出了"豹子胆"，要考县城里的平凉二中，竟然给考上了。平凉二中是重点中学。在乡里人看来，到这儿上学就已经是大学生苗子了。我当时也觉得，自己的一只脚似乎已经从我们那个山沟沟里跨出来了。

到二中上学是我头一次进城。最初那半年间，上课学习之外，我最感兴趣的一件事情就是逛街道。我从就近的盘旋路开始，先试着往解放路走，再去新民路，后来一个人能摸索着到南门口和西门坡，差不多能摸索着逛完整个平凉城了。还从伙食费里省出几角钱，进了一次电影院，去澡堂子里"扑腾"过一次。在泾河岸上蹓跶时，无意中还看到了谈恋爱的男女抱住亲嘴。在学校里，我还很稀奇地发现，城里学生下雨天穿雨鞋打伞，衣服里边还有衬衣背心，鞋里头还衬着绣花的垫子，而我们村里和我一样大的毛头小子，当时连裤衩都没得穿。记得有位城里的同学请我到他家吃过一次饭，当时他父母给我饭碗下面垫了一个好看的塑料垫儿。当时我就想，城里人怎么过得这么讲究呀。说起来真是惭愧，虽说和我一起住校的同学们，大多也是家在农村的，但他们家里不是有人在村里当干部，就是有人在城里当工人，像我这样，靠着爹妈从土里刨着吃的并不多。城里的生活，令人新鲜却又备感艰难。每顿饭我连五分钱的洋芋丝都吃不起。我们喝的汤，是炒完菜的大铁锅里倒进一大桶水烧开的，上面漂几只油花儿，差不多就是刷锅水。这汤是不要钱的，而且不常有，遇着了我就把肚子灌得又鼓又圆。一次有消息说，有一匹死马躺在城外的泾河畔上。我和一些住校生就提了刀具寻过去，卸下条马腿找地方煮熟美餐了一顿。事情传到了班里，与我同桌的城里女同学，立马捏着鼻子哭喊着不跟我坐了，说是死马身上有病，只有野狗才吃这东西。那时候，我这个乡下娃恨不得找个老鼠洞钻进去。

这样的一段城里生活，让我的"豹子胆"反倒增大了不少。小的时候听村里人说过，农村就像煮熟的一锅捞面，那些劲道的面条都被公家捞走了，然后把他们变成了干部呀工人呀解放军什么的，让他们享福去了。剩下的那些捞不起来的烂面条，就变成了咱们这些在土里刨着吃的庄稼汉，长年受苦受累，还吃不饱穿不暖，净过熬煎日月。听了他们的这些个牢骚，我不由得唉声叹气。常常在夜里把被子蒙在脑瓜子上，幻想长大后在城里当个工人，在乡里娶个漂亮媳妇，每年回家过年时，肩膀上三瓜六枣地背上几大帆布提包，迈着八字步朝家门口走，让一村子的人都瞅着流口水……我知道这想法是不能对外说的，有人会笑我"癞蛤蟆想吃天鹅肉"。我却想，就算是"癞蛤蟆"，也比"土鳖"强呗，好歹还知道朝天蹦跶几下呢。

2

五一节过后，父亲来城里给我送了一次伙食费。父亲那时候是生产队里的壮劳力，他出门时虽说换了件新些的衣服，可还是敞胸露怀的，一副下地干活的架势。父亲在操场上喊我的小名，猫啊狗啊的扯个嗓子叫个不停。在同学们没听明白前我的脸已经红了。当他们知道是叫我后，都戏弄和讥笑我，我的头就抬不起来了。

当时我们住校睡的是通铺。父亲到我的住处转了一圈儿，刚进门时笑眯眯的，说是这房住着就是比窑好，进去后脸色就开始不大好看，出门后就把我一通训斥，嫌我把家里带来的一条新花布床单不折起来铺，而是散开铺到了其他同学的身下。父亲进城其实是要给我谈一件重要事情的。他先问我，班里能考上几个大学生，我说按每年的情况看，大专以上能有四五个，中专能考七八个。父亲问我能不能考上，我说离那个畔儿不远，就是乡下没英语老师，弄得现在有些掉队，下功夫学上一年多差不多能考上中专。当时中专毕业就能分配。父亲听完就来了一句："那就别念了吧。"我发了一下愣，明白父亲的意思后，额头上当时就冒汗珠子。后来我一直很后悔，怪自己不聪明，心想当时为啥没有吹个牛，说自己考个大专是小菜一碟呢，这样的话，我后来的路或许就通向了金光大道。家里一下子有了几十亩地，父亲兴奋得每天都跟多喝了几碗老酒似的，嘴巴也变得能说会道起来。他给我讲了他不让我再上学的理由，说是这事儿既然跟耍钱赌博一样没啥把握，就还不如回家种地来得实在。现在家里搞了土地联产承包，一大堆活儿没人干。说如果是以前，高中毕业回乡，弄不好还能推荐上个农大，上不了也有希望混个公社的半脱产干部，或者碰个煤矿、森林招工啥的，也能吃份儿商品粮，实在不行爬到村队干部，也能端上个轻巧饭碗。又说现在招工人都是儿子顶老子班，跟养猪一样，都成了传槽子，公社干部全变成了饿狗，大队和生产队也都塌火了。我觉得父亲的话不对，是农民没有文化和眼光的表现，可又拿不出道理来反驳他。

3

一放暑假我的心里就忐忑不安。回家后看到，两个小妹妹早已经辍学在家了。

小妹妹之间相差一岁多，一起上一年级才没几天，名字还没学会写，怎能不念书呢？父亲看到我的态度，显出一脸的不满，就气哄哄地说："你来当这个家看看？"我有些不服气，可家里眼前的景况，的确是让我再没法说出话来。一头牛拴在父母住的窑里，几只羊夜里在我睡的炕旁边打呼噜，犁地时父亲和他窑里的牛并肩爬行在地里。母亲说，土地承包后，家里七口人分到了半头牛，二只半羊，还有山塬二十多亩地。卖掉了一家全年的口粮，又东凑西借，才把一头全牛和三只全羊牵回家。母亲又说，没有牛圈羊圈，可以先跟人在一个窑里凑合一下，可几十亩田地东一条西一绺地摆在好几个山头上，又没拖拉机，全靠肩挑背扛，靠他们俩哪能侍弄得过来。还说我和弟弟养在学堂里，啥忙也帮不上。大妹虽说能当帮手，可马上就是人家的人了，两个小妹能认出自个儿名字也就行了，不回来帮忙，这耕、种、割、碾一大摊子农活儿谁干呢？我听完只能瞅着妹妹们叹气。接下来就甩开膀子操起农具疯狂地干活，恨不得一个暑假能把一年的农活儿干完，好让父亲能打消让我退学回家的念头。

我们家在陇东的草峰塬上，塬地少，山坡地多，耕种艰难。以前生产队里集体劳作，除过牛倌羊倌外，也就三十多个丁壮劳力，出山劳动就像是一群麻雀爬到了大树上，听着有些动静，却很难看到踪影。这年的暑假却不同了，满山遍野到处都是人影儿，其中多是娃娃们的嬉笑声。由于分到各家的牲畜多为半个一个，犁地下种时凑不成对儿，就又恢复了夫妻二牛抬扛，父子驴驮马牵的那些早已消失了的落后生产方式。虽说是人暂时干上了畜生的活计，生产也有些往"刀耕火种"倒退的架势，可农民给自家儿干起活儿来，心气儿是绝不比早先"农业学大寨"那场面差的，只是没插红旗没架高音喇叭罢了。到了地里，才发现劳动的大半儿人手，是辍学的学生。就连十岁出头的娃娃，都赶几只羊在山坡上嬉闹了，还有不少学龄儿童，干脆不进学校门了。问起为啥不上学，他们都和我爹是一个说法。而且还笑我算不过账，都起哄耻笑我进了几天城，喝了几天洋墨水，把脑子给喝傻了。

4

开学剩三天了，父亲还没有给我学费的意思，而且在前一天夜里出了远门，看来是让我磕头都找不着庙门了。我急得偷偷哭了好几次，母亲看到后，睡觉前坐在炕头上给我说话了。她告诉我，父亲步行到几十里外的姑姑家借钱去了。说这次如果借不上百八十元的，家里就没法再买一头牛回来，也没法跟分来的那头牛配成一对儿犁地，冬麦下种的种子和化肥也就没了着落。又说，村里的娃娃多半都不上学了，大些的女娃娃都急着找了婆家，嫁过门的也有好几个，都为的是收几个彩礼钱解困。还叹息说，村里接着要分没承包完的山坡地，这些地都是弯弯曲曲的，丈量起来账很难算，现在的人都自己顾自己了，家里没个有文化的恐怕得吃冷亏。母亲好像还要说什么，沉默了半天，终于还是没有说出口，叹着气回自己窑里睡觉去了。

夜里我失眠了，家里的景况一幕幕在眼前过电影。吃大锅饭的时候，由于我们兄妹五个吃闲饭，父母拼着浑身力气挣工分养家糊口，就吃尽了苦头。现在按人口分地，到手的三十亩田，连接起来的话，能占半个山坡。眼看好日子要来了，可缺人手缺牲畜缺农具缺种子化肥，不要说致富奔小康，来年的生活都成问题了。以前社员劳动，扛个铁锨或锄头出门就行，现在土地承包后，家庭成了生产单位，麻雀虽小，五脏得齐全。在外面挣工资的人家都没太多的困难，村队干部大多都留了些后手，到头来还是我们这些老实疙瘩没了指望。这个时候我还要去念那烧钱的书，不是太自私了吗？

第二天一早，我咬着牙对母亲说：

"我不念书了。"

我那时候的伤心是没法用言语来形容的。

有位著名作家说他失学后，牵着牛经过学校门口时，没勇气抬头往里看，我失学后干脆不去校门口，多年来也不和当时的同学交往见面。后来我经常做辍学的噩梦，有时还会哭喊着醒来。现在我年近半百了，有时还有这样的梦境，醒来后常常苦笑几声，又不免一声叹息。

那年秋天，好多农村学校的教室都空了大半儿。校长老师上山趴洼地找，将学生往回劝，也没劝回去几个。我想我们这些穷孩子的父母们，可能都被饿肚子的日子弄傻了，他们似乎忘了土地里只能种粮食而不能种金子，他们更没意识到，有比自家那几十亩承包地更宽广的天地。

5

学校都开学了。一些和我一起进城上学的同学，还是去了学校，这让我眼热而气闷。郁闷之余，倒也有争脸的时候。那是我跟随父亲去参加生产队里的后续分家。具体来说，就是分配一些不起眼儿的坡地、林地，还有些树木、柴草、农具和公用物品。几十户人家在一个锅里搅了几十年的勺子，值钱的家当没有多少，破碗烂锅总是有一堆的。亲兄弟分个家有时候还打得头破血流呢，几十户人家分家能容易吗？父亲一生性格软弱而固执，犟牛净挨冷皮鞭，所以母亲就把这次不吃亏的希望，寄托到我这个"有文化"的儿子身上了。我虽说是跟在父亲的身后，说起话算个账，还真如诸葛亮刚出山一般，今天想起来还心存得意。父亲就像得了良相的"刘皇叔"，底气足了好多，腰杆子也挺直了不少。

其实，当时只有十七岁的我，虽说肚子里有了些墨水，对眼前的事情还是说不出个所以然来的。一些"成分"不好的人开始态度蛮横，让把平整地块分给他们，说是他们的老祖宗留下来的，不答应就骂祖宗三代。大姓家族的老人们，也站出来护犊子了，说话竟然比乡上下派的工作组还顶用。乡村开始没了王法，山野里的大树，一夜之间就没有了影儿，公路边上的成年老树，没过个把月，就变得稀稀拉拉。营务了多年的大队林场，没几天就被剃成了光头，据说那时候来盗伐的贼，一拨儿一拨儿的，碰面了还相互借火点烟呢。马车牛车拆散了，机井电磨倒塌了，梯田全挖倒了土楞，灌溉用的水管都抢了个精光。许多农民重新下深沟挑水，推石磨磨面了。想当年我们生产队出钱出力出粮，帮相邻队里通了电，谁知道轮到帮我们了，却赶上了承包，竟没人再管了。后来差不多十年里，村里的几十户人家，都是点煤油灯过日月的。几十年吃大锅饭，好歹也还有个摊子呢，这下可好，一夜之间就糟蹋成了烂摊子。

先前没收了好多农家门前窑后的树木。我家的几棵大柳树被没收了，生产队修粮库时砍伐下来做了房梁，一搞承包粮库没了用场，被几户腰杆儿硬的人家低价买走了。那些没收后还没来得及砍伐的树木，这时候也就自动"平反"了。队里曾经想把这些树木按公产平分给各户，可树主提刀要拼命，也就不了了之了。家里为这事儿愤愤不平，父亲还想跟他们拼刀子。母亲说我有文化，让我找公社领导打官司讨公道。还鼓励我说，能把那几根大柳树钱讨要回来的话，马上就给我盖房娶媳妇。我往乡上村上反反复复地跑了好多次，可没讨回一根柳树的枝条。父亲又怨我书白念了，我气哄哄地和他争辩，说："还没读到打官司的书，你就不供我了。"

6

初冬时节，争争吵吵的"分家"和一年庄稼的营务都结束了。我开始每天赶着几只羊，迎着冰冷的北风，在向阳的荒坡上蹓跶。羊迈着慢步认真地吃草，我仍蹲在崖根下认真地看书。一起的放羊娃们问我："看这能开飞机吗？"我说："能开汽车。"他们就瞅着我笑，意思是说你连自行车都没有一辆，还吹这个牛皮。听了他们的话，我的心如针扎一样难受。我躺在荒草坡上苦思冥想，有啥办法能逃出这个山村。我觉得咱家手上虽说有了几亩地，可就凭家里那几个人，肩扛牛耕地弄事情，最多也就填饱肚子罢了，想要跟城里人的生活一样，或者是像课本上说的，实现农业现代化，就是白日里做梦了。那个时候，还没兴起外出打工，农村这一锅面条，能捞走的只有当兵这一条路了。当时南疆正在自卫反击，收音机里整天都讲这个。我听了几次广播后，心里的热血突然沸腾起来了。十月份征兵的风声一来，我心里就有了一个念头：参军当兵。没几天这种念头就变得很冲动，冲动得像一头刚放出栏的牛犊子，谁也别想拦住。

听到我的打算时，父亲就恶声恶气的，明摆着是不放我走。说是混着穿两套黄军装，回来了怎么办，媳妇都没个着落。母亲也哭哭啼啼地不愿意，她听到收音机里整天播打仗的事情，怕我一去丢了性命。邻里亲戚也劝我别去，说从古到今哪有家里老大出去当兵的，说就算被公家捞上当个大头兵，碰上这茬口准得上战场，就算没送命，还得复员回来修理地球。说得我母亲的眼泪流了几长行。这时村里一位老教师来我家串门，听了这事儿就劝母亲说："自古富贵险中求，这娃脑子灵光，出去当兵，或许能闯出个好路子。"母亲这才不哭了。

　　这年十月底我参军入伍了。我想保卫祖国是光荣的事情，或许还能给自己寻找一条出路。就算是上战场牺牲了，那也是英雄，也比在山沟里营务这二亩地有出息得多。为了入伍，我报大了一岁。体检时我心跳紧张，血压偏高，复检前我听了一个"偏方"，为此偷偷地喝完了一大碗醋。

7

　　当兵走是母亲和弟弟给我送的行。临行的前一夜，是睡在武装部大礼堂里铺麦草的水泥地上的。汽车开动时，母亲拉着车门不松手。路上接兵干部分发面包，说没定量，可以随便吃。面包都能随便吃，这真是神仙过的日子了。只要吃不发愁，好好努力一定会干出点名堂来。

　　军营在宁夏黄河灌区，早晨头伸出墙头，能看到女人蹲在水渠边洗脸。新兵训练很苦，管束很严厉。一次休息的时候，我拿出高中课本看，班长问我看这干什么，我说想考军校。他问我高考多少分，我说高中没读完。他一把夺过我手上的书，扔了好几丈远，说高中没毕业能考个鸟儿，我当时就哭了。副班长悄悄给我说，班长高中毕业入的伍，连考两年没考上，前两天刚把一箱子书，隔墙扔到了营房外面的河沟里。

家里来信，笔迹是弟弟的，口气却是父亲的。先是骂我太愚蠢，改大了一岁当了兵，便宜了那些够年龄的，多种了两季庄稼。信上说我父亲心太急，冬麦种得太早，地上冻前就拔节出了穗，一场暴风雪来，都成了一地枯草。我听着心揪，就把刚领到手的八元津贴费，全寄回了家。弟弟来信问我在部队干啥工作，我怕他们不懂，就说干的是电影《永不消逝的电波》里发电报的那个活儿。村里人知道了，有人说这活儿好，不用上前线，我母亲听着就很高兴。又有人说这活儿和美帝能说上话，弄不好就抓起来了。母亲知道我生性好奇，又胆子大，就吓得经常偷偷哭泣。

这时候部队正兴培养军地"两用"人才。战士们都争着学当打字员、厨师、电焊工，我却报名学养猪。吃饭时连长问我：

"你真学这个，以前喂过猪？"

"家里穷，连猪都没见过。"

战友们听了，就在旁边故意学猪哼哼。问我是什么鸟叫，我说好像是狗叫，他们就笑喷了饭。连长就瞅了瞅桌子上的一盘荤菜，感慨地说，日子都太苦了，真还有吃过猪肉没见过猪走的兵呢。说还真没人会教养猪，只能去团养猪场摸索着自己学了。我一听高兴得偷着乐了好几晚上。其实我是撒了个谎，我学养猪是假，想凑到团里高考补习班听课是真，因为这个班就开在养猪场的草料库里。

我早早地去帮着铲猪粪、清猪尿，然后就凑在后面旁听。我觉得又在平凉二中上课了。旁边的猪哼哼，曾让我忍不住自言自语：平凉二中的小子们，你们看着我吓得浑身发抖，嘴里乱哼哼是吧，谁让你们以前小看我，现在又来向我求饶呢。说完我自己也忍不住咧嘴笑了起来。

父亲还是隔三岔五来信劝我退伍回家，还威胁说再不回来给他帮忙，家里就只好先给我弟弟修窑庄娶亲了。我回信说不要管我，我回去了睡寒窑，当光棍。

1983 年底，军区突然要办教导队，有高中学力就行，毕业合格就提干，还发中专文凭。我是报务班长，过硬的奖状有好几张，立马成了选拔对象。政审干部问我为啥考教导队，我说家里都是山沟，种田填不饱肚子，上教导队为提干，提了干掏厕所也成。人家听了说我这个没理想。连长就训斥我说：你这兵，优点是实在，缺点是太实在。帮我说了一箩筐好话，才过了关。

8

一晃三十多年过去了。我不敢说干成了什么事情，可躺在故乡枯草坡上做的梦，倒好像"圆"了。先是从教导队毕了业，提了干，也算是成了被"公家"捞出的一条"劲道"面条。转业的时候，肩上的中校军衔，也扛了好多年了。

2004 年，我离开部队后，选择了自主择业的安置方式，买房定居在了南国滨海城市北海，也有了一份属于自己的事业。父母分别被我接来居住过，衣食应算无忧，生活称得上幸福。

去年我再次回到故乡，眼前的情景恍如隔世。

父亲走路腰弯成了九十度，母亲手抖得饭盛不到碗里。聊起家里的生活，只说是，以前肚子饿，现在吃得饱。在乡下做工程的弟弟也显老态，说如果过几年他随儿女进城生活的话，我再回来就不知道该进谁家门了。我听了不由得后背一阵发凉。到几个妹妹家去，门上都挂着锁，听邻家说是进城当了保姆，或外出打了工。村里人烟不多，鸡犬少鸣。守着种地的人，竟然大都是当年跟我差不多时间辍学回家的那一批人。问起生活，都和我父亲一样的口气：政策好得很，白面馍馍紧饱吃。问起种地的成绩，都指着村里说，修旧窑，挖新窑，又修土房，盖砖房，现在都空着成了摆设，又给城里的儿孙凑钱买房，一辈子全都弄住的事情了。问种地又累又不赚钱，为啥还要死命地种，都回答说，打工太老，等死太早，不干这活儿，再没啥干头。问起种粮为啥不嫌钱，都说是粮价太低。还反问我说，你当过干部，听说还有文凭，你说说咱们穿开裆裤的时候，生产队里的粮食不够吃，黑市上麦子一斤就要卖五毛钱，现在改革开放了几十年，麦子怎么才卖个一块多，可乡里人要用的东西，却都卖成了天价。我说咱当过干部没错，文凭也是真的，可这事儿还真不知道。我劝他们出去找个轻松点儿的活计，比种庄稼强。他们就打哈哈说，干长了就有些丢不下这些柴柴草草了，就像你们当官的舍不得那官位一样。话里头似乎含着一股子怨气。说嫁出去的女人都想娘家呢，你们这些走了的人，就不想老家吗？我说想，想了这不才回来的嘛。他们又说，你们这些人也就是回来瞅几眼，没几天屁股一拍就走了，这村子过不了多少年就没人了。我听了喉咙里突然有些噎，半天了没再续上话来。

回到弟弟的屋里说这事情。弟弟说别说人家了，你去把咱们老爹劝住，我就算你本事大了。我这才知道，父亲多年来一直瞒着我，种着别人撂荒的十多亩山坡地。听说有一年他全种了麦子，收割的时候腰病犯了，睡在医院里动不了，家里人都轮着守护。那年大旱，阳坡麦子也就二三百斤亩产，雇人收割打碾，工钱远比粮钱高，还要受折腾。家人亲戚就劝，让丢给养羊的当草场，落个人情算了。父亲却要死要活地出钱雇人收了回来，据说倒贴了好几百块。我回去后很生气地问父亲，为啥要种这么多地，没吃还是没喝，父亲说他见了田地就喜欢，见撂荒了就心疼。说电视上讲的，城里人连野狗都牵回家喂，他把没人管的田地，侍弄侍弄犯了哪条法了。我说那也不能做亏本的买卖啊，他一听更来气儿，扯着脖子上的青筋训斥我说："人老祖辈的，谁按亏赢种庄稼，账都算得那么精，都不种粮了，你们城里人吃啥？"

父亲的脾气真是越老越大了，黑着脸发猛火，把我弄了个大红脸。

这次回乡，因为与父亲的争论，弄得我失眠了好几个夜晚。原来，在乡亲们的心里，我们这些拼着命侥性逃离故乡的人，是有了某种罪过了。人生多不过百年，好些人都向往天堂。我们这些从山野里爬出来的人，骨子里向往的还是故乡。如果人有灵魂的话，百年后我们的魂魄一定是回归故乡了。而未来的故乡会是荒山野岭中野兽出没的一片废墟吗？

这事儿以前我从没想过。

（发表于《中国作家》2015.3）

五年河西

向西

在我的人生记忆中，1985 年的花儿特别红，柳特别绿，天地万物也都特别美好，因为那一年我在部队提干了。

当时我在兰州军区教导队上学。五月初各科考试成绩已出来，提干似乎是铁板钉钉的事情了，这个时候却遇到了一件很痛苦的事情，我后来把它称作黎明前的黑暗。这事儿就是毕业分配。

老实说，我当时并没有意识到这会是一个问题。毕业了就会被下令提升为二十三级干部，身穿四个兜的绿军装，脚穿擦油皮鞋，月拿百十元的工资，再不用回乡里，面朝黄土背朝天地辛苦种庄稼了，这是做梦都盼望的事情，还有啥麻烦呢。一次我偶然发现，许多同学私下里都在嘀咕什么东南西北的事情，神态有些像搞地下工作，显得神秘兮兮的。我伸了伸耳朵，听到他们好像说的是，谁该向东谁会向西。没几天事情就渐渐明朗了，这东南西北指的是西安、兰州、银川、西宁、格尔木和武威这些铁路单位。我们毕业了要当铁路军代表，得去这些地方上班。按说这事儿不值得大惊小怪啊，

119

从入学那天起，我们就知道了宁肯往东走一千，不可往西挪一砖这样的说法了，知道最好分配去西安、洛阳、宝鸡这些地方，或者留兰州也不错，实在不行去银川、西宁也可以，都是省会城市，最怕的就是去河西走廊和青海的格尔木，听说那些地方荒凉，风沙大，条件差。而且领导们早说过的，根据学习成绩决定分配去向。我的成绩属中等，去个银川、西宁问题不大吧。和我关系较好的一位同学，知道了我的心思就说我傻，说军校学员分配的原则是从哪个部队来，就回到哪个部队去，可我们军代表，不回原来的部队，事情就不好说了。还说分到大城市和大机关里，职务升得快，房子容易分上，媳妇也好找，弄到个山沟里的小火车站上的话，找个放羊的女娃子都难。一听到这话，我的心里就开始发慌。本想着提了干就能过上神仙般的日子，看来这弄不好就得在山沟里打光棍了。听说干部子弟或有些关系的都稳坐钓鱼台，没路子的有些都开始送礼走关系了。我爹妈都在老家修理地球，在兰州也是两眼一抹黑，身上的钱凑起来都买不来一条十多块钱的香烟，只能听天由命了。

没几天，教导队就开始毕业分配教育动员了。主题是号召学生们表决心，主动去艰苦地区。发言没出现像以前我在野战部队里看到的，主动请缨的那种热烈场面，领导批评和诱导了老半天，还是没人带头，只好按顺序进行。发言的内容竟然跟事先商量好了似的，都是一个模式，都表态说自己愿意到重要岗位上发挥才干，万一分配到偏远和艰苦地区工作，一定听从组织分配。这"重要岗位"当然指大城市大机关，这"万一"是说出乎自己所料，或是实在没有办法，这些傻子也能听得出来。让领导遗憾的是，竟然没有一个人主动带头表决心，说自己愿意往西或往南走。轮到我发言了，我也是模仿他们的口气说话，只是因为紧张和没准备稿子而乱了方寸，一不留神嘴里蹦出了几句大实话，说咱是山沟里出来的，只要自己能提了干，就是扫厕所也行。领导听了就有些兴奋，让我说具体些，还带头给我鼓掌。我就激动地说，那时候我会在厕所门口摆个办公桌，指挥战士们用长把铁勺，把粪坑里的稀粪多多地捞起来浇到菜地里。这时候下面有人捂着嘴偷笑，有个干部子弟还大声抗议说听着恶心。我这人生性固执，就争辩说："辣椒和西红柿本来就是屎尿浇出来的嘛。"

"好了好了，事儿是那么个事儿，话不能那么说。"

领导很霸道地阻止了我的发言，为此我生了一肚子的闷气。会后我一个关系要好的同学却对我说，领导是救了我，不然再说下去就麻烦了。我问为什么，他却模仿领导的口气给我卖关子："事儿是那么个事儿，话不能那么说。"

"为什么不能那么说？"

"这样说，人家会真的把你往最差的地方塞，还说是你主动要求去的，让你没话可说。"

我沉默了，这个时候我才意识到自己实在是天真幼稚。心里也开始担惊受怕和胡思乱想了，好几夜都失眠，心想如果确实分到条件最差的单位，那还是向南去格尔木的好，海拔高、天气冷我不怕，大小是个城市，还能拿个高工资，对于咱农村兵来说也比较实惠，千万别去河西走廊，听说工作地点还远离城市。这时候又传来消息说，军代表岗位没那么多，有些学员可能得分配到终年积雪的边防线上去，我的心就开始悬到了胸腔半空。

没几天分配方案公布，我被分配到了河西走廊的武威，果然是条件最差的地方。没人被分配去边防，有的话估计一定会有我。这是我的几个同学的说法，理由是当时大会发言时，我表态愿意去艰苦地区。究竟是不是这原因，可能只有天知道了。

接下来去武威铁路分局报到，具体的工作地点在武威南，一个距离武威城二十多公里的小镇子。我当兵时的军营在宁夏偏僻的农村，这个武南镇不管怎么说，还住着二万多端铁饭碗的城里人，电影院、洗澡堂、商店也都有，就随口说这地方还行。一起分来的同学就又挖苦了我一句："事儿是那么个事儿，话不能这么说。"我问为什么不能这么说，他们就告诉我说："人家会认为你对这地方很满意，再有调动的机会，就不会考虑你了。"总之从这以后，我无论说什么事情，不管对错，都会有人给我说句："事儿是这么个事儿，话不能这么说。"我觉得这是在挖苦和讽刺我，甚至是蔑视我。我想反击他们，就是找不到有力的言语，为此好几次都闹得脸红脖子粗的。也开始为这桩小事儿苦恼和郁闷，我意识到自己不仅仅存在心直口快的毛病，而且在别人的眼里成了缺心眼儿，甚至是个二百五。

理想

我上班的单位是武威铁路分局军代处，地点在武南镇。这地方集中着五六个铁路单位，大概有四五千个吃商品粮的干部工人。地方也不大，用一位姓高的战友的话讲，夹上一泡尿能绕着跑三圈。

四周少有村庄，净是麦田，老远能看见明晃晃的雪山。原来想着能进省城，最后却落脚到了乡镇，理想和现实的差距太大了。碍于面子，我给家里通信时，一直说自己工作在繁华漂亮的武威城里。

我们一起来的八个同学，被安排住进了一栋职工单元楼中一楼的两套房子里。象征干部身份的四个衣兜的军装，和擦油黑皮鞋还没有发下来，我们就对身上的两个衣兜和解放鞋有些不耐烦了，都以没换洗衣服为借口，穿起了便装，没想到竟然引来了麻烦。我们全是农村兵，塞在帆布提包里的几件便装皱皱巴巴，穿在身上看起来让单元里住着的职工家属起了疑心，以为是一群不明身份的老乡，聚在出租屋里干坏事，就报了警，警察为此明察暗访了好几天。我们知道后，气得骂他们狗眼看人低。干部服发下来后，我们穿上后故意在楼梯和单元门前走来走去，把皮鞋踩得咣咣响，想借机找个茬儿，骂他们个狗血喷头。原来这些家属也是农村出来的，以前在乡下也可能都是干着抱娃收鸡蛋的活儿。他们都没有正式工作，现在跟当工人的老公住在这个小镇上，年轻点儿的去货场干装卸，老些的就到菜市场捡菜叶，到钢轨边捡煤渣。他们知道我们是军队干部时，又都端着一副笑脸上门来，想给我们拆洗被褥，从中挣上块二八角的。我们就抓住机会，用最尖酸的语言讽刺挖苦他们，把一肚子的怒气发泄了出去。

提了干部，拿了工资，我的生活自然就上了新台阶。当时国家的工作中心转向了经济建设，我们也偷偷地把个人的工作中心转向了找对象娶媳妇。我们几个同学，一有时间就聚在一起谈这事情。大家似乎都达成共识，就是找个有工作的城里姑娘好。道理很简单，两口子都拿工资，丈人、丈母娘生活都有保障，还能在铁路上申请分房，两口子就可以成双成对长年长月地黏糊在一起。找乡下的土气没文化不说，一份儿工资得五马分尸，还得长年分居，得熬到营职才能随军分到房吃到商品粮。这个时候，有个别原先在乡下订了亲事的，已经暗暗地着手退亲了。理由都是父母包办和没有感情基础。

这时单位出了这样一件事情。一天上午，我正在武威南军供站实习，单位的袁参谋突然跑来军供站院，冲进站长的办公室里，把一封拆开的信扔到了周站长的脸上，紧接着又扇过去两巴掌，狠踢了好几脚，嘴里吼叫着，惹得一院子的人围观。周站长这次挨打的原因是，邮递员把袁参谋家里的来信误投到了军供站，因为是邻居，周站长就把信顺路带给了袁参谋的老婆，他老婆撕开信一看，发现了老公给老家寄钱的事情，回家就伸手在袁参谋脸上狠抓了好几把。

部队干部伸手打人这还了得。周站长躺在病床上不下来，这麻烦就更大了。为了解决这个麻烦，袁参谋竟然要卧轨自杀。那天下午，我们跟着几位老参谋，在镇子外边的铁路边上找到了袁参谋，一起做他的思想工作。当时天上下着毛毛雨，三十多岁的袁参谋，屁股蹲在一个土台上，低着头哭得呜呜的，眼泪掉得稀里哗啦。他给我们哭诉说，父亲早逝，老母改嫁，弟妹没有依靠，他不寄钱没有办法。他的五六岁的小女儿也赶来了，伸手摇着他的肩膀让回家，被他一把推倒在了地上。原因是她每次发现他爸的衣兜，或桌子抽屉里面有钱时，都会给她妈告状。当时南疆正在自卫反击，广播电视上整天都唱《血染的风采》，我实在没法理解，这袁参谋怎么就这么窝囊和可怜。

这下单位有了热点。无论上班下班，只要凑在一起，大家就都很有兴趣地谈论袁参谋这件事情，并扩展到了单位其他干部家庭。老参谋们也都发感慨地说，其实谁家都差不多。有个司机说，这年头每家都买上了洗衣机，可顾参谋家里却死活不买，给人讲他家是勤俭节约，他女儿童言无忌，说出了实话。说是她妈讲的，她爸爸就是洗衣机，还买洗衣机干什么？这下又引出了顾参谋家的一串故事。顾参谋的老婆是个中专生，现在是铁路干部。她原先靠自己的工资，供养了一个比自己大三岁的小伙子上大学，后来那小伙子毕业留在北京抛弃了她，她精神就开始有些不正常了，找上顾参谋后，就把他当成了出气筒。顾参谋忍气吞声多年，想离婚可单位不批准，又顾虑老家的老父老母和未成年的孩子，日子就这么熬了下来。有的干部听了却不以为然，说他只受老婆一个人的气，算得了什么。嘉峪关车站军代处的宁主任，那才算是生活在水深火热之中呢。说是宁主任在家一犯错误，就要挨老婆的打。稍有反抗，老婆就会一哭二闹三上吊，再下来就是批斗会，姨、舅丈人丈母娘轮番上阵，批斗得宁主任死的心都有。直到后来单位的张参谋出马才解决了问题。张参谋个子小，脑袋秃顶，长着一双八字眉，他找到宁主任，献了一条诈死计，才使问题得以解决。具体说来就是老婆打他时装死。他在一次被老婆狠打一拳后，一仰脑袋就倒地，且眼睛发直，口吐白沫，嘴里半天了都摸不出一丝气息。这把老婆一家人吓坏了，连抬带扶地送到驻军医院，张参谋又从中"做了些工作"，宁主任才被从"生死线上"救了过来，从此以后才不挨打了。

这几个故事，对我们新来的几个干部而言，无疑是脑袋上被泼了几盆冷水。我对谈对象成家的事情，已经开始信心不足和顾虑重重了。其实我哪里明白，由于军队干部大部分是从农村出来的，究竟娶城里姑娘好，还是找农村姑娘合适，长期以来都非常纠结，用当时的时髦说法，是一个比哥德巴赫猜想都更难以破解的问题，我们只是刚刚面对而已。

遭遇爱情

正式上班后，单位领导对我们的要求很严格，希望我们暂时不要谈对象，把精力用在工作上，尽快成为一名合格的铁路军代表。强调尤其不能在作风上出现问题，为此政委要求得特别明确，只要有女同志进办公室或宿舍，门就得敞开着。我们宿舍楼单元里，住着几位漂亮又时髦的女人，她们的丈夫都在铁路沿线上班，个把月才回来一次。我们这帮毛头小子进住后，领导们就变得特别惶恐和紧张。听说前不久调走的一位参谋，人长得特帅，曾经在夜里卷着被子溜出门上过一次楼，差点儿把领导的魂儿都吓掉了。所以现在就要求我们，发现旁边床上没人，得立马去敲厕所门，听不到动静，立马给领导家打电话。如果发现没了被子，必须立马追上楼去满楼道喊人，必须把问题消灭在萌芽状态。

这时单位派我去嘉峪关出了一次差。返回的时候是在夜里，坐卧铺车厢，我睡中铺，对面中铺上睡着一位漂亮的姑娘。熄灯前聊天知道，她是武威铁路分局的团委副书记，和我在一栋楼上办公。

平时没见过面，这会儿聊得很投机。那个年代当团委副书记是多么有前途的工作啊。她还分管着火车头文艺演出队，一看就是那种朝气十足、爽朗清新的领导苗子。天气干热，旅客都半掩着被子睡觉。熄灯后我侧身朝外，团委副书记侧身面朝墙壁，呈现在我眼前的是她的后背。那天大概是月圆时日，夜里天朗气清，月光把车内照得忽明忽暗，对面躺着的团委副书记，腰身婀娜，曲线优美，瞅得我心慌意乱。夜里她身上的被子吊在空中两次，我都伸手轻轻拉扯上去，慢慢盖在了她的身上。她也似乎未睡实，每次都轻声说声谢谢，这让我幸福了一个晚上。天亮要下车了，她说了一句话算是告别："我有对象了，不然的话就跟你谈。"天哪！这话既让我失望，又让我意外。失望的是我没了希望，意外的是我在她眼里的位置不低。这应该是我第一次的，也是最短的一次恋爱了。还没有燃起爱的火花，就已告结束。

　　这时从西安、兰州等地传来消息，我的好多同学都处在恋爱状态，有的已经如胶似漆，有的快成了师长、处长的乘龙快婿。我身边的同学也都没闲着，迟钝的找干部家属介绍，胆大的跑到电影院和舞会上找机会，胆更大的主动给相中的姑娘送电影票。我这个人呢，本来是贫农出身，却不知怎么的，骨子里莫名其妙地存在着一股子傲气，竟然不愿意低头弯腰地做这些事情。然而毕竟是求偶的年龄了，恋爱的意愿和冲动，丝毫不比别人差，于是我就想到了画画。这点儿本事，是我在部队培养两用人才活动中，跟一位宣传干事学的，虽说水平不高，可照猫画虎也能瞅着把人物风景什么的，画个七八成像。

一个星期天的午后，我在镇子外边的一条水渠边上撑开了画板。蓝天白云，秋风拂面，近处是熟透的金黄色的春麦，远处是雪山，四周没有人影儿，我画得很入神、很陶醉。收笔后转身一看，一位红脸蛋的姑娘，远远地站在我的背后。姑娘的眼睛很大，脸蛋红得像旁边菜地里的西红柿。也许是她看见我时脸才红的。我在那一瞬间就意识到，她是位农村姑娘。我是位军队干部啊，如果团委副书记那样的姑娘立在那里，我的脸也许会红到脖子里。所以我当时很冷静，也很从容。我背起画板，板起脸瞅了她两眼后，转身回单位了。

　　从这一天起，我外出画画，身后总有一个忠实的观众，她就是那位大眼睛红脸蛋的姑娘。虽说从她的眼神里能看出她的心思，尽管我铁了心，决定不跟她谈恋爱，可被一位姑娘爱慕和追求的幸福感觉，还是第一次体会到了。在她的面前有一种自信和高傲，运起笔来就有了表演和卖弄的意思，画出来的画也出奇地好。

　　一天我去镇上的百货商店买东西，心不在焉地走到柜台跟前，抬头一看，脑袋里轰的一下，柜台里头卖货的是那位红脸蛋姑娘，而且从跟前看她的眼睛更大些。原来她是有工作的，而且这工作还很体面。红脸蛋姑娘一看见是我，就紧张得乱了阵脚，剪一块花布时，手中的剪刀不听了使唤，顺着布纹直拐弯儿，数钱数乱了两次，好几个硬币掉落进了柜台的夹缝，还挨了顾客的呵斥，弄不好还亏了钱。回去的路上，我的心里就不由得七上八下了。乡里姑娘憨厚朴实，不至于动手打一个军队干部老公吧。她爸一定是位老售货员，退休后让她顶了班，她妈就算没工作，可城里的这种家庭妇女也多的是啊。不过再想一想，又觉得她的手还是有些粗，那两个红脸蛋，估计擦十瓶雪花膏也是白不了的，跟那位团委副书记还是没法比。

这之后，红脸蛋姑娘对我加强了攻势，跟着看我画画时，胆子更大了些，逐渐往我跟前靠，有些想搭话的意思，好几次我都差点儿忍不住先开了口。尤其麻烦的是，她竟然跑到我宿舍楼前转悠，弄得我那几个同学扯着嗓子喊叫，说我对象来找我约会了。看我不理不睬，有的把我拉起来往门外推，有的借机躲开，说是给我让地方。后来更麻烦的事情来了。她跟在我后边想去我办公室，被铁路分局的门卫拦住了，还告到了我们领导那里，说那个老背画板的干部，星期天偷偷摸摸地带着个红脸蛋的妞去办公室，不是他们拦住的话，要出大事情。这下领导发了怒，找我兴师问罪，我说连她姓啥叫啥都不知，能出啥大事情。领导就认为我不老实，又怨我不认真学业务，净背个画板胡蹓圈子，才二十二岁就急着谈对象，还是下基层锻炼一下为好。当时张掖火车站军代处正好缺人，就要求我即刻前去报到。

手没摸上，嘴没亲上，就又被向西发配了几百公里，真是亏大了。我的同学都这么为我叹息和不平。

离开武威南的时候，我苦闷和失落了两天，之后内心里开始认命了。心想再往西，再艰苦也是干部，不至于回乡种地修理地球吧。蹲在武威南这地方，万一经不住诱惑，让那个红脸蛋姑娘缠住结了婚，往后再遇到团委副书记那样的，不就遗憾终生了？这么一想，心里竟然有了一种逃脱和释然感。

再向西

　　去张掖车站报到前，领导找我谈了一次话，大意是，张掖那地方正缺干部，让我去是锻炼，是重用，是给我施展才华和建功立业的好机会。我知道领导这是处罚我，说的也不是真心话，可这次我长了些心眼儿，事儿是那么个事儿，话却没再那么说，还违心地表了一通决心。

　　当时已到初冬时节，河西走廊的冬天本来就来得早，又遇寒流早到，我就踏着冬天的第一场雪上了西去的火车。

　　下车后没人来接，一站台的人都走光了，也没见个当兵的影儿出现。说好的是吴参谋来接站的，怎么搞的呢。没办法，我就扛着大包小包自己找。一路问了好几个铁路工人，都说车站军代处是三面土墙，一排平房，双扇木门上印着"八一"两个字。可我在一大片土房子中间窜来窜去，就是找不到。房子密密麻麻，大多东扭西歪，多半是用土坯破砖私搭乱盖的，路窄处两个人都有些躲不开身。军代处该不会是这样的吧？我虽说从小在山里住窑洞，可从当战士起就住进了楼房，从兰州到武威南虽说是走了下坡路，可都是在楼房里头打转转的。几个包里多半是书，越扛越觉得重，肚子里的气儿也就越多。在雪里东滑一脚、西扭一腿地走着找着，转悠完了那一大片土坯房子，才在靠近一片河滩的地方，找到了有"八一"两个字的木门。进去一看，心凉了半截儿。房顶上好些地方没了瓦，黑乎乎的油漆房门都紧闭着，一院子的积雪上有两串脚印和两泡热尿浇出的雪窟窿。我朝烟筒里有一丝蓝烟的屋里推门进去，看到床上有个人蒙头睡觉，身子在被窝里缩成了一团。如果不是有几件军装和几个军代表红袖章的话，谁都会以为那是仓库保管员的住处。我当兵几年，被子都是叠得有棱有角的，宿舍也都窗明几净，哪见过这么窝囊的军营。

我放下背包在地上站了半天，睡着的人却纹丝不动。我肚子里的怒火就按捺不住了，就冲着床上吼："起床——"被子立刻动了，被口伸出一只谢了顶的脑袋，两只血红的小眼睛挤巴着瞅了瞅我，嘴里有气无力地叫了声："赵参谋"，才伸着懒腰从床上爬起来，说是他夜里接发军用列车才睡过了头。开始语气中还带有些歉意，看我一脸的怒气，也拉起脸不说话了。

我站在地上瞪着眼睛看吴参谋穿衣服。

"下来检查工作的？"

"来报到的。"

"是新提的主任？"

"不是……是，是参谋。"

"我以为是军区首长来了呢，到这儿了还牛个啥？"

我的脸唰地红了，一时接不上了话茬儿。

"来了就是新同志，就得听我这个代主任的指挥，提铁锹铲雪去。"说完嘴里又嘟囔了一句，"提干才没几天，在老兵面前要什么威风。"

吴参谋这几句话把我说愣了。他说话的语气像个病秧子，可句句有力，都戳到了我的痛处。说话的同时，从门后面拉出一把铁锹扔到了地上。我一时语塞，就很尴尬地提起铁锹出了门。

131

后来屋里有一股股的烟冒出来。我快扫完雪的时候，吴参谋喊我进屋接电话。是上面领导打来的，说是冬天没啥军运任务，平时就在车站接个车，因为吴参谋家里有特殊困难，同意他回老家一次。让我马上搞个交接，说何主任很快会回来，让我守好门，不要出事情。

吴参谋很快摆出三把五四式手枪，一个账本，二十多元钱，几本军运规章和三个红袖章，说这是单位的全部家当，催着让我签字。我刚放下笔，他就抓起地上的两个帆布包，头都没回地出了门。这天都黑了，饭也没吃，就这么走了，就让我一个人守这几间破房子？我当时大脑里变得一片空白。发了半天的呆，心里觉得不对头，就不由自主地出门，快步朝火车站走去。到站台上正遇到一个值班的工人，一问说是吴参谋刚上了一列货车，是他去给火车司机讲的情。还说吴参谋的脸上好像挂着眼泪珠子。我就再没说话。

回屋后，看到桌上有一张纸条，是吴参谋留的。说两瓶罐头和一瓶酒是他买来准备给我接风的，现在我一个人吃喝就行了。再看，给我住的屋里已经铺好了床，炉子里的火苗照得墙壁一片通红。我一个人喝着酒吃着肉，一夜无眠。

这次之后，再没见到过吴参谋。由于外出参加培训时间长，他回来办转业手续，都没碰到一起。后来知道，他家在咸阳纺织城，从玉门辗转张掖，在河西走廊工作了十好几年。因为第三者插足，我报到那会儿，已经离婚五六年了。小孩长期由老母亲带着，他闹转业好几年都没批准。多年来只要想起他，我的心里就很愧疚，如果吴参谋能看到这篇文章的话，就算我给他道歉了。而现在我也不觉得他当年的形象有多么邋遢。他一定是只老虎，只是在那样一个地方才熬成了病猫。

嘬骨头

车站军代处人少开不了灶，长期在军供站灶上吃。吴参谋走后的第二天早晨，我凑合着吃了点干饼子，中午就早早地提着饭盒去了军供站食堂。

我去的时候，食堂打饭窗口排着一排饭盒。饭还没好，职工们都躲在旁边的屋里打扑克牌，啊啊呀呀的声音能把屋顶掀翻。我又不认识人，就把饭盒放在最后一个，一个人在院子里蹓圈子。没几分钟大师傅喊叫开饭，可没人应，估计是牌还没出完。我看没人来，就把自己的饭盒先递了过去。刚打好饭，牌局散了，出来一群人见我先打了饭，其中就有人冲我喊，可能是输了钱胡乱撒气儿，就问我是哪里来的，怎么不排队。

"我是新来的赵参谋，看你们还没出来……"

"这参谋不带长，放屁都不响，少给我摆官架子！"

听了这话，我肚子里的气儿就不由得往胸口上鼓，可初来乍到，人生地不熟的，就只好没吭声忍了。

饭没怎么吃好，回来躺床上，肚子里的气儿却难消下去。自从提了干，父母和家人都是非常高兴的。每次来信，父亲都问我工作怎么样，当了干部管多少人。说村里的包工头都管百八十人了，劝我多努力尽快进步，早点儿升个连长的话，应该能超过他们。还勉励我争取更大进步，早日超过公社书记。我回信说我不带兵，只管事儿，父亲就又来信问，管多大的事儿。我说管火车，想让它开它就开，想让它停它就停。还管给大部队做饭，想让做多少就做多少，肉多肉少全是我一句话。这是在安慰父亲，也明显是在吹牛，可也表明了自己内心的不自信。现在一个人孤零零地守着这几间破土房，掏钱吃顿饭都让人家侮辱，还能谈得上什么进步呢。

　　几天后有一批退伍老兵经过。吃饭的时候，有老兵嫌饭不好，砸桌子扔饭碗，我在武威南时听老参谋讲过，这都是老兵们入党提干目标没实现，借机撒气儿，就没在意这事情。这时一个送兵的干部，悄悄把我拉到没人处，皱着眉头说是菜里面没肉，净是些带毛的猪皮，老兵们如果把事儿闹大，就不好收场了。我听完快步跑进军供站站长室反映情况，站长和几个干部都在，对我的话理都不理，说他们见多了，砸碎了锅正好放假休息。送兵干部看我没啥招数，就叹息着说："看来你们这军代表，也是个聋子的耳朵。"

　　第二天一大早，我去军供站送一份部队吃饭的供应通报。满院子到处找不到人，找到厨房里吓了我一跳。二三十个人蹲在地上，围着几个大箩筐啃骨头。看到我后都是冷眼以对。我因为吃惊，多瞅了他们一眼，就听见他们在议论说：

　　"看眼神把我们当狗了。"

　　"是我们的一脸狼相把人家吓坏了。"

　　这还了得，怪不得部队反映说吃不到肉，这事儿都不管，还要我们军代表干啥。我找军供站长提意见，丝毫不起作用。给上面领导反映，答复是调查清楚了再说，不可莽撞影响军民关系。事情就拖了下来。

接下来我了解到，军供站个别人这种贪占部队伙食饭菜的行为，竟然还有一个好听的名字：嘬骨头。具体来讲就是，这不是偷吃和占便宜，是一种正常的劳动，还要计考勤的。虽然都是把肉往肚子里咽，可与啃有本质的不同，有些啄木鸟的精神和境界在里头。因为这些骨头按规定得送往城里的饲料公司，得把上面的肉丝清理干净，不然发了臭，影响饲料的质量。还说关系好的话，军代表也可以参加这份劳动。说以前有个军代表就很识抬举，职工们都很喜欢，他得病躺床上，站上都会派人送骨头过去嘬。还吹嘘说，当时报纸上都登过文章，配了工人坐床边给军代表喂骨头的照片，说文章的题目叫：

"军民一家亲，同床嘬骨头"。

他们就算把这事儿说成一枝花，也瞒不住侵占部队利益这个事实，也不能让我对阻止这件事情死了心。

"不是说我这个参谋放屁不响吗？我想让它响，它就得响。"

我又给军供站写了份正式报告，要求认真整改。还义正词严地告诉他们，如果再不处理的话，就要把报告送到主管军供站的民政局。没几天站长召见我了。进屋一看，几名干部都坐在那里。这时候我的心情稍有平静，要求上也做了些妥协，说每次让厨师尽量把骨头剔干净些再嘬也行。站长却是老调重弹，还拿出一大堆的理由搪塞，说是好多工人都是为嘬这一口骨头，才调到军供站的，有些还是领导的关系户，吃了多年积习难改了。又说有个厨子是个刑满释放犯人，父女全靠吃部队的剩饭过活，听到我不让嘬骨头了，扬

135

言要白刀子进，红刀子出。我正是初生牛犊的年龄，野战部队养出的那点儿血性还在，就死活不认这个理，也放出大话说，自己不怕死，万一挨了刀子，就当作上南疆前线光荣牺牲了。争吵得不可开交的时候，人称笑面虎的赵会计说话了，听说他掌管站上的实权。他打断站长的话，笑着对我说："你这个小孩还越拨拉越硬了。走。"说完气哄哄地起身出了门，站长和其他人都跟屁股走人了。

他们来了个置之不理，我还真没啥办法了。

过了月余，我终于在火车站侦察到了市领导的身影。在贵宾室里，我找到了市长，汇报了军供站发生的嗑骨头事件。当然我是用了些兵法的。我把老兵不满，改为了参战部队的战士不满，而且因为不满，大部队就在张掖停止了前进。多亏我等做足了工作，才得以开拔，不然的话，他们就要开拔到市委市政府大院里了。这一批万幸过去，下一批就难说了。第二天市长就史无前例地来军供站主持了一次会议，嗑骨头的事情就成为历史。从此我的工作也顺畅多了，还会时不时地自言自语上一句："我想让它响，它就得响。"

当然，我为自己的这一次行动还是付出了代价，之后就没在军供站食堂就餐，一个人在宿舍里烟熏火燎地做饭吃了。尽管在预料之中，可终归不是什么舒坦的事情。

未来

1986年3月初，车站军代处的何主任，带着老婆孩子从老家回来了。何主任确定转业后，回家待了几个月联系好了工作，现在回来上班等通知，年底前就要搬回老家去了。

何主任我以前也没见过。接站时我没看着穿军装的人，正在着急，见老远有人冲我喊"小赵"，心里就明白了这应该是他。喊我的人是个穿着没挂领章帽徽的旧军装的小老头儿。那时候这样穿着的人多，老百姓大都能看出来，衣服旧些人粗些的，多是家里有人在外当兵的农民。精气神足些的，不是条件差些的部队干部，就是已经从部队转业下来的。当时家里日子紧巴的军队干部，很少有像样的便服，出门时为了方便，就伸手摘掉帽子上的五角星，撕掉领口上的两面红旗直接出门了。何主任后边跟着的女人和小孩，都背黄挎包，这让我的心里就更有谱了。只是那女人的头上围个白羊肚毛巾，穿个大衣襟的黑夹袄，这个让我有些疑惑。按说农村妇女随军吃上商品粮后，一般都会变得洋气些。我迎过去一问，果然就是他们。

何主任一家回来后，军代处这个小院里算是有了些人气。他虽说要转业了，可毕竟还是主任，责任心还很强。听到我跟军供站把关系搞僵了，就对我一顿批评，说军代表干工作，主要是协调组织，发挥的是桥梁纽带作用，讲究个绵里藏针，不能下命令，最忌讳耍二杆子。训斥我说，自己都混不上饭，怎么能给大部队操持出好饭。我虽说不太服气他的说法，可心里还是热乎乎的，因为孤零零地待在这地方几个月了，总算有人关心了。他看到我鼻涕眼泪地自己做饭，就让我去他家吃。第一顿是专门准备的，酒菜丰盛，还有几个朋友作陪。席间他感慨说，自己当兵近三十年，让父母安享了晚年，入土时都用上了松木棺材，老婆娃娃都成了城里人，听语气显得很知足，很有成就感。我问转业安排如何，何主任这时候已经喝得很兴奋了，就扯着嗓子说，安排得不错，是一个小学的总务科长，管几只拖把扫把。又说他以前在这儿管几个参谋，都不太听他的，以后那几条拖把扫把，总会听他的吧。说完就大笑不止，连眼泪都笑出来了，我听着心里酸酸的。在吃饭过程中，我做了件丢人的事情。本来我是不抽烟的，推辞不住何主任的热情，就点了一支，吸了几口后，放到饭桌边上忘了再吸，等发现时将饭桌面烧出了个黑印子。何主任嘴上说没事没事，可看得出他还是很心痛的，眼睛一遍遍地瞟那个黑疤。我知道这套家具是他花费了多年的积蓄打制的，准备运回家里撑门面的。他每瞅一眼，我的心里就"咯噔"一下。接下来我就不好意思再去他家吃饭了，提个饭盒去很远的铁路食堂排队打饭了。

之后又发生了两件有趣的事情。

一件是我陪何主任两口子去驻军医院检查身体。那时候，部队干部转业没什么油水可捞，几千元转业费还不够联系工作送礼。部队医院里的一些军医护士，转业时利用工作方便，割掉自己的阑尾，为的是怕以后得了阑尾炎花医疗费。我们军代表占不上这样的便宜，最多是搬家运输时的火车皮，能比别人宽敞些。何主任为人热情，经常给部队帮着买火车票，驻军医院里的好多人都很感谢他。割阑尾做不到，给一家人免费做个体检还行。何主任让我陪着去料理一下。抽血的时候，女护士因为找何主任买过卧铺票，就很热情，还开着半荤半素的玩笑。何主任胳膊上的血管老找不着，女护士就伸手在肌肉上挤压抚捏。老远蹲在椅子上的何主任老婆，看到后不干了，起身红着眼冲了过来，朝女护士就吼。骂完又把好几口的唾沫喷了过去。如果不是被旁边的人拉扯开的话，估计她会扑过去，把那个女护士给撕碎吃了。何主任当时脸都气得发了绿，回来后觉得丢人，连着几天没好意思出门。

另一件事情是何主任带我赴宴。当时刚好有部队被裁撤了。人员物资要经铁路大批运走，我们车站军代表的重要性一时凸显了出来。我们不归野战部队管，驻军首长接见和宴请我们，为的是能完成好这项庞大的运输任务。我和何主任被一辆黑色轿车接到了部队首长食堂，一位副参谋长已经坐在上席位置等我们，他年轻帅气，听介绍说才二十八岁，就已经是正师职了，是当时中央破格选出的人才。何主任弯腰弓背地坐在他旁边，显得很猥琐。席间副参谋长和我们碰杯，我们俩都毕恭毕敬地喝个杯底儿朝天，我们给他敬酒，却推托自己口舌生疮，只抿了抿，其他人也是这样应付我们。这酒壮怂人胆，十杯八杯进了肚子，何主任就把持不住，可能心想着反正要转业的人了，就耍了一回二杆子。他举了个满杯，站起来说："我这个老营长官太小，敬酒首长们都不喝，现在咱们比年龄，谁大谁喝。"当时还没实行军衔，一桌子人都不相信何主任职务这么低。何主任一急，就从兜里掏出干部证，还痛说了一通革命家史，副参谋长不好意思了，才扭扭捏捏地喝了两小杯。

这两件事情对我的内心触动很大。心想当个车站军代表，拼死拼活地干，熬上半辈子，未来最多也就何主任这样儿。少年得志建功立业什么的，只能是痴心妄想了。这时候我开始接触文学作品，也读起了《红楼梦》。当我看到"心比天高，身为下贱"这几个字的时候，隐隐约约觉得自己可能也是这种宿命。后来二十多年的经历证明，我当时的感觉是正确的。

俗话说想啥来啥，这个时候我竟然又遇到了一桩好事情。一天何主任找到我说，火车站站长的宝贝女儿看上我了，让他当媒人说合这件事情。说她是车站上的干部，在省城上过中专，见过世面。说她爸现在是提拔对象，能成了婚事的话，就算是抱上了一条壮腿，以后肯定能活动着一起调走的。我问她看上我什么了，何主任说："她说你个儿高，人长得帅，肯定是高干子弟下来镀金的，就算不是高干子弟，最起码也是高干私生子。"

"放狗屁，老子我是百分百贫农的儿子！"

听我一口拒绝了，何主任就叹息说，别人都冒充高干子弟相亲呢，有人把你当高干子弟看，又何必较真放弃这么好的机会呢。

一天午后，何主任一家进城了，院子里没人，院门大开着。午饭后我躺在床上休息，突然一个漂亮姑娘提着一网兜张掖的特产苹果梨，从门里进来了，打扮得跟电影上的女特务一样。我已经意识到是谁了，就很不情愿地从床上爬起来。也不接住她手中的礼品，而是拉起脸问她找谁，有什么事情。她好像也感到意外，犹豫了一下，就堆起了笑脸，说自己是车站的团支书，也是站长的女儿，是代表共青团来慰问解放军的。我听他这么一说，就伸手接住了那一兜苹果梨。

"你代表组织还是个人？"

"代表……组织，其实我主要还是代表个人，何主任给你说过了吧！"

她显得得意扬扬，说起话来嘻嘻哈哈。

不提则罢，一提起何主任说的话，我肚子里刚平息下去的怒火，又升腾起来了。我脸一黑，提着苹果梨，拉着站长女儿的胳膊，就往院子里面扯。她一时反应不过来，想不走不成，想喊叫还不敢喊叫。扯到大门口的时候，她怕外边有人看见丢人，就拉着哭腔说："你别拉了我自己走。"我这才松了手。等她一出门，我就手一扬，把那一兜子苹果梨远远地扔到了院门外边。

"出镜"的乡下人

八月初接到上面通知，要我去一个摄制组拍电影，而且还是主要角色。

这是做梦还是真的？

做梦也没梦到过这么稀奇的事情啊！那时候信息不畅通，电话通知就这么三言两语，具体也弄不清楚。当时已经到了下班时间，我央求何主任给我打问一下，看到底是怎么回事。何主任给分局军代处领导了打电话，得到的答复是，他们也不太清楚，只听说导演翻看了全军代处的照片，就看上了我。说是摄制组后天下午就进驻山丹军马场，让我提前赶到，不要误了事情。

"这要走红运了？"

"要一步登天了？"

这天夜里我的想象力特别强，联想也特别丰富。当时的山丹军马场，是全国有名的电影拍摄基地啊，《牧马人》《祁连山的回声》

等，都是在那儿拍的，郭凯敏、倪萍都是从那里走向全国的，我是导演从全军代处人员的照片中选出来的，你说这事情再能往下想吗。走的时候，何主任鼓励我说，现在又来了新干部，工作上能周转得开，让我放心去，大胆地演，成了明星不要忘了他。我听了也有些感慨，激动得热泪盈眶。

第三天赶去见到了摄制组，看到了三个人：一个是鲍导演，听说是铁路局的什么科长，一个是刘摄像，听说是省电视台的记者，另一个是剧务，姓范，是局军代处机关的参谋，还听说总制片是军区的什么部长。这时候我才明白，是上面要拍一个铁路军事交通正规化建设的资料片，就临时凑成了摄制组。我这个主演，也就是在趁着大部队的火车到来之前，戴个红袖章，立在站台上，等部队从车上下来后，跑过去给首长打报告敬礼，运气好的话，能跟首长握个手。还有就是在部队装卸车的现场指手画脚几下。不用说话，只要动作，说白了就是个活道具。范参谋的剧务工作，主要是扛一个笨重的电源箱子，是用一根线连在摄像机上的。我到达后，这笨重的箱子就交给了我，而且几乎成了我最主要的工作。我扛着这么个重家伙，很好奇地跟在他们后边看稀奇，只有到我"出镜"的时候，范参谋才替换我一下。我说你们把我弄来就干这事情，范参谋说："全军代处就露了你一张脸，而且这张脸还要上电视，还能见上军区首长，你还想干啥事情？"我没话可说了。

拍摄的时候，有两件事至今记忆犹新。一件是有关跳蚤。在山丹火车站住邮政旅馆，仅剩的一个条件好些的三人间，他们三个人睡了，我被迫住私人旅店。夜里跳蚤反了天，找店主想办法，他说光着身子睡，把所有衣服都挂到屋里横着的一根铁丝上，这样受上一夜苦，第二天就舒坦了，不然跳蚤钻进衣服里，受苦的日子可就长了。我这样做了，第二天从被窝里钻出来后，把自己的浑身拍打了个遍，可跳蚤还是钻进了衣服。"出镜"时经常不由自主地伸手在身上乱抓，弄得废了不少镜头。至今我都不知道，这跳蚤是如何钻进我衣服里的。

另一件是毛衣的事情。河西走廊的昼夜温差很大，尤其是山丹军马场，那里六月下雪是再正常不过的事情。当时军马出口量大，都由我们军代表组织装运。我们去马场的地盘上拍些镜头花絮，夜里突然降温，冻得人浑身哆嗦。摄像的刘勇，里外只两层单衣，身子骨又单薄，还有胃病，当时就连声喷嚏，身上捂着被子下不了床。我当时年轻，又有当兵的那种憨劲儿，就脱下自己身上的毛衣给刘勇穿，还一个劲地吹嘘自己如何地适应寒冷、喜欢寒冷，身上的军装有多么保暖。刘勇穿上了，没说身子变暖和了，而是唠叨毛衣的羊毛不好，扎得他皮肤痒痒，羊骚味儿难闻。有墙有树时，他就把背伸过去蹭几下，嘴里还嚷嚷说是哪个村姑送我的。我脸上堆笑，心里却难受极了。这毛衣是我在市场上买的，是没处理过的生羊毛织的，为的是省钱。刘勇不停地挖苦和论证这毛衣不好，却又不脱下来还给我，让我受了好几天的冷冻。

我的委曲求全，竟有了好的收获。后来去兰州拍摄参战部队的装卸场面和调度工作场景，李勇觉得我这人不错，就在下班时间带我出去玩了。我跟他去了几户人家，在兰州饭店的餐厅里吃了一顿饭，还去了一次舞厅。天哪！兰州原来是这个样子的，看来我在兰州上了一年多学是白上了。我以前只去过几次铁路澡堂，去火车站上过几次现场课，去雁滩倒过几次垃圾。再就是游过一次五泉山、白塔山，吃过几碗牛肉面，进澡堂子都是排着大队去的。当兵的是不允许去舞厅的。刘勇带我去时，我临时在地摊上买了件夹克衫穿上进去了，紧张得手心里都出了汗。这是我第一次接触所谓灯红酒绿，觉得异常新鲜和刺激。刘勇鼓动我跳舞，我说不会，他让我学，我说不敢。一个人跟傻子一样坐在那里发呆，心里却想，这跳舞的动作，不比部队里走整步和打军体拳难多少的。后来在刘勇女朋友的再三邀请下，我鼓足勇气站了起来。我当时有一种豁出去的打算，为了壮胆，就下意识地伸出两只手掌，张开嘴巴"扑扑"两下，给手掌上吐上唾沫，而后手掌合在一起挫动了两下，才把两只手递了过去。刘勇的女朋友突然不跟我跳了，一脸惊恐地瞅起了我的两只手。我当时就傻了，缩回双手，站在那里呆若木鸡。半天了刘勇的姐姐过来解了围，说不要见怪，唾沫也不脏，乡里人手握铁锹干活时都这样，为的是增加摩擦力，她当过知青她知道。说完挽起我的手在舞池里绕起了圈子。我记不清踩了她几次脚，印象中那个时候，自己的确是找不着北了。

"乡里人"，这是那天晚上最让我难忘的一个词儿。我是乡里人吗？回去睡到床上，我一直在想这个问题。我从乡里出来，在平凉城里上了两年学，在宁夏乡村里当了三年兵，再在兰州城里溜了几个圈儿，就变成了城里人？没有，的确是没有。接下来的事情更能证明和确认这一点。

鲍科长为人热情和蔼，相处十来天后，见我这个当兵的憨厚实在，还很喜欢兰州，就张罗着给我介绍对象。可相了几次亲，谈了几天对象，都进入不了状态。她们讲究的是情调，喜欢的是出手大方，关心的是能否调来兰州。我呢，则讲究个艰苦朴素，喜欢的是攒钱过日子，约会吃饭老用一盘饺子打发人家。倒是有几个"丈母娘"对我欣赏有加，认为我这样的将来能过日子，我后来包饺子的手艺，就是从她们手里学到的。可她们又不嫁我，再欣赏也是白搭。

离开兰州的时候，我去拜访了一次鲍科长。去时我动了一番脑筋，为表诚心，觉得应该把这礼品买好。买什么呢？想来想去还是买罐头好。城里人讲究卫生，又怕食物变质，买这东西再合适不过，一时吃不完还可以放，可以送人。买玻璃瓶的，再添些铁盒的，再买些有英文标注的，买十盒有些少，买二十盒才够大方吧。干脆买上一大箱，显得心诚。我扛着一箱罐头进了鲍科长家，进门后他老婆刚看清箱子上的字，眼睛就睁得贼大，表情是惊恐状，像见了什么不祥之物似的。说："你拿这罐头干啥？我家人不吃这个。"我一时纳闷，可心想她肯定是客气，表情显得吃惊一定是没想着我会买这么多。他家用饺子招待的我，吃的时候，我本来就拘束，鲍科长老婆又提说让我把罐头拿回去，还把装罐头的箱子移到了门口，这让我更紧张了，饺子味儿都没有吃出来，就跟咽了一堆石头下肚似的。这么高档的罐头，也是上等礼品啊，我又不是求他家办什么大事。走的时候，鲍科长老婆抢先站到门口挡住了我。

"你把罐头拿走，拿回家给你父母吃，我们真不吃这东西。"

"这……"

"我给你说实话，这东西里边有添加剂和防腐剂，对人体都有害，我们家的确是不吃的，你拿走还能在别处用上。"

鲍科长老婆说完话，就把箱子硬塞到了我的怀里。我无奈只好抱走了，怀里像抱了块大石头，脸上像挨了几巴掌，下楼梯时腿发软直栽跟头。这退回礼品的事情，在我们老家，是要绝交或结了深仇大恨才能做出的事情啊，你们嫌对人体有害不能吃，我的父母不嫌有害就能吃？看来这兰州人的嘴巴就是刁，就算送给别人家恐怕也不收，可又退不回商场里去啊。我是越想越生气，抱下楼走到一个小巷子里，索性连箱子扔到了一个墙边上。兰州的叫花子总吃吧！

这次"出镜"之后，我才真正意识到，毕业分配时留在大城市里是多么重要。我于是有了一个这样的梦想：调到兰州工作。穿了身军官服，拿了份工资，还是个"乡下人"，一样被别人看不起。只有浸泡在兰州这个大海里，才能尽快洗去身上的俗气和土气，才能真正成为一个时尚而文明的城里人。为了实现这个目标，其他的放弃都在所不惜。

当师傅

1987 年秋天，我开始在张掖车站安安稳稳地待下了。尽管已经有了调入兰州的打算，但心里很明白，这事儿一时半刻是不可能的，先干好眼下的工作才是当务之急。

当火车站的军代表是个苦差事，吃苦受累，多半儿还不落好。

领导嘴上说，车站工作多么重要，手上却把不中意的和能力差的干部往这儿推。铁路上工人说我们是酒代表，认为我们净在酒桌上干工作。部队官兵也不太理解我们，说跑来跑去的像个通信员。至于军供站的人，对我们就更没多少好话。

这时候又分来了新干部，何主任带他们去山丹火车站，学习装卸车去了，留着我在单位值班。路过张掖的几批部队吃饭，都说饭做得比以前差，还告状到了军区后勤部。我急忙去查看军供站粮油蔬菜购置账目，也没发现问题。何主任为这事儿打电话给军供站长，得到的答复是：

"不相信我们的话，军代表就来睡到餐厅里监工。"

上面也来电话通知，说要对部队反映的情况做严肃处理。

严肃处理该不会是让我转业吧？没成家立业，这个时候被扫地出门，这当兵提干，点灯熬油近十年，不就白瞎了吗？

这时又分配来一位曾参谋。我去车站接他回来，进门后何主任家里已做好了饭，招呼我们去吃。曾参谋进屋就瞅着何主任老婆发起了愣，半天了说了一句：

"老何，你以前不是给我说，你老婆很漂亮吗，怎么看着跟个鸡婆子似的。"

鸡婆子是西北乡下方言，意思是饲养鸡的，又土又丑的老女人。何主任的老婆，当时头上围个白羊肚毛巾，腰里围条黑乎乎的围裙，要说还真有些像。何主任装没听见，脸上笑得别别扭扭。他老婆炒菜的铲子，突然把锅敲得咣咣响，曾参谋叫了两声"嫂子"她都没应。晚饭后何主任急匆匆地叫我到办公室里，做起了我的思想工作。

他说曾参谋原是军区警卫营的连长，在一次对外文艺演出中，维持秩序时，态度粗鲁，犯了错误，受了处分，下派到军代处的，因为和他是老乡，才分到这里，让我注意忍让，不要惹他，不然会出大问题。

第二天何主任去山丹车站，让我给曾参谋当师傅，先到张掖车站现场学习。曾参谋一听就说，以前他见过军代表干工作，这活儿他能轻松搞定，何主任听了没吭声。

我带曾参谋去看车站设施，曾参谋左手背在后边，手上捏两只白手套，右手提着一根皮腰带，迈着八字步，一副随时打人的架势。说自己当连长的时候，排长只能远远地跟着他。我也是个正排级别，意识到他不想跟我一起走，就知趣地老远跟到后边。车站一个胆大点的工人，把头伸出窗户开玩笑：

"你这是哪路队伍？"

"我是土匪一路的，专打多嘴之徒。"

那人就吐一下舌头，缩回了脑袋。不管进了谁的办公室，曾参谋的屁股都是往桌边上一搁，进军供站厨房，也是屁股搁在菜案上。

遇贵人

后来，何主任和曾参谋都转业回陕西老家了。新上任的主任姓孔，领导着我和另外一名参谋。

三月初他们俩人去山丹军马场装运军马，我一个人守在单位值班。一天接到分局张副主任的电话，因为电流声大，听得不清，好像是说他要来张掖一趟。这个张副主任，就是以前给嘉峪关军代处宁主任献过诈死计谋的那位，最近刚被提拔。我去车站接他，开口略去了副字，直呼他为张主任。他显得格外热情，又握手又拍肩膀，就差拥抱了。我觉得很意外，心想去了副字儿，不会有这么大的作用吧，一个副团领导，竟然跟小排长套起了近乎。张副主任穿着没有领章的黄军装，没戴帽子，大脑门油光发亮，八字眉向下弯，走路弓个烧鸡背，见人面带三分笑，看着比以前黑瘦了不少。我在武威南只待了个把月，跟他接触不多，一年多没见了。此时的他，应该春风得意、精神焕发才对，张副主任却变得畏畏缩缩，陕西口音也浓了不少，这真是怪事。路上听他说，最近外出学习，一个月从周至跑到户县，过了几十个乡镇。就想他是不是回老家休了一次长假。问行程安排，他说没别的事，想玩玩转转，我就带他游了大佛寺，看了木塔，逛了夜市，还搭车去了一趟马蹄寺，敬了佛，骑了马。其间聊单位工作，他说很好，联产承包好，粮食产量都放了卫星。我觉得他以为我问他老家的情况，也就没再深究。印象最深的是，他喜欢歪着脑袋，吟诵贾平凹的一首顺口溜："八百里秦川尘土飞扬，二十万人民齐吼秦腔，一碗面条喜气洋洋，没有辣子嘟嘟囔囔。"几天的好吃好喝，把张副主任感动得上车离开时，眼眶里的眼泪打转转。

第二天接到张副主任来电，我以为要对我感谢一番，可听着有些糊涂，好像说是，感谢我对他弟弟来张掖的招待。大清早的没喝酒？我嘴巴哆嗦了一下，不知道该说什么。多亏是在电话上，不然我的表情是会吓死人的。

大白天遇着鬼了。

试探着给武威南那边的几个同学打电话聊天，有意把话题往张副主任那儿扯，情况很快侦察出来了。张副主任家最近发生了有趣的事情，他的双胞胎弟弟从陕西乡下来，让老婆从门里推了出去，哭哭啼啼地跑向了火车站，张副主任追去劝不住，就送上了火车，慌乱中坐反了方向，听说逛了一趟新疆。还说兄弟俩长得太像了，他老婆给小叔子翻脸的原因，是她回家进门后，见老公坐在沙发上不说话，因为天太热，她脱得剩了胸罩，想撒娇去坐他怀里，他却慌乱着连声叫她嫂子，她这才明白是弄错人了。我听了长长地舒了一口气，他老婆都认错了，我认错也可以理解。可又想，她认错是一时，我认错是两天啊，这传出去也是一个大大的笑话。

没过多久，上面通知我又回武威南，在分局机关搞军交正规化建设。虽说是临时抽调，可我的心里还是热乎乎的。总算是往高处走了，任务完成了留下来也难说，这样离兰州又近了好几百公里。这项工作由张副主任负责，我就觉得是他在关照我。去后打探原因，说是我前两年在武威南背个画夹子乱晃，给领导留下了个能写会画的印象，让我标图写字。

一天下班后在楼梯上，张副主任小声说，晚上请我去他家吃饺子，让早点儿去。这把我惊得不轻。我去了看到就请我一人，饺子已包得摆满了一案子。张副主任很亲热地拍着我的肩膀说："自己人，不要客气，放开肚皮吃。"说完就出门陪铁路领导吃饭去了。

天哪！我已经是他的"自己人"了，怪不得请我一个人吃饺子。多年来我无依无靠，四处奔波，甘苦自知，有过哪位领导把我这么招待过？现在被这样一位前途无量的领导高看抬举，看来的确是遇到贵人了。我瞅着他出门的背影，眼眶都有些湿润。饭是他老婆招呼我吃的。吃完后她拿出一封信给我看，我这才明白了请我吃饺子的原因。

信是张副主任弟弟写来的，说他在家侍候七十多岁的老母亲多年，几百里路上吃了闭门羹，难得张掖的赵亮参谋高看一眼，好吃好喝好玩了两三天，让他活了一回人，回去说了老娘也很高兴。

张副主任老婆也感谢我，不停地给我碗里夹饺子，说是给她解了围。

原来如此啊。一不留神，竟然给领导办了这么大的事情。

自己人

后来张主任的确是升任了技术处长，我调入兰州的事情却迟迟没进展。不知为什么事情，年底他被降职、处分、转业。

按说自己人的事情，就这样结束了，可后来的两件事情，让我不胜感慨。

2003 年 3 月的一个午后，多年没音讯的张处长，突然给我打来电话，开口要借钱，听着好像要借五千元。当时我正准备着，带一家人移居北海生活，就"嗯"了两声，算是知道了。他以为我已经答应，说晚饭后就来我家里取。晚上见面后看到，吊八字眉毛，变得又黑又浓，脑门上一览无余。见面没伸手拍我肩膀，双手紧紧地握住了我的手，有些误把我当首长的感觉。我赶紧解释说，自己也转业自谋生路了，咱们彼此彼此。他说只借五百元钱，看来电话上我是听错了。这点钱还借啥，拿去花不就行了。他说不行，过两天就还，给女儿上大学凑车费，是自己人才开的这个口。说他已经下岗，失业，离婚，靠卖报纸生活。听到"自己人"三个字，我已经心软了，日子过得这么惨，让我鼻子里一阵酸楚，拿出几千元往他衣兜里塞，他只拿了五百元，就行色匆匆地离开了。

过了个把月，我离开兰州时，张处长真的来给我还那五百元钱了，而且是一副不还绝不罢休的架势。我只好用这钱来请客招待他，还拉上一同在武威工作过的马参谋作陪。几杯下肚后，就都感慨起来了，他说给多少人置办了饭碗，现在都躲得没人影了，只有我如何如何，他要东山再起等。我举杯预祝他，早日卷土重来。

2013年的秋天，我在北海接待了格尔木铁路军代处的老领导苟主任，见面时又遇到了惊奇的事情，随行的竟然有袁参谋。虽然老态龙钟，可神情未变，还是用眼角看人，说话有气无力，一副可怜相。有趣的是，他认不出我来。苟主任又是提示，又是介绍，他就是不记得有这么个人，弄得我很尴尬。

"你给老家钱，嫂子还管吗？"我问。

"你……你怎知道的？"

"你老爹早逝，老母改嫁……"

"别别别……"

"你看看我这儿。"

我伸手指了一下自己太阳穴上的那个疤痕，说之前替他挨酒瓶子的事情。

"耶耶耶……知道了，怎么把你给碰上了。"

他弓着腰举起双手，嘻嘻哈哈地给我做了个投降姿势，算是相认了。

两次招呼吃饭，袁参谋都找借口没参加。离开北海的时候，我去送行，他隔窗给我招手喊再见。我说："你还再敢见我吗？"他似乎听出我话中有话，举起两只手又要给我投降。我伸手指了下自己的额头说：

"你见与不见，疤痕都在这里！"

山丹丹花开

山丹在张掖以东百十里，听说这里荒凉、偏僻、贫穷，大姑娘都往外嫁，最方便最成功的就是嫁给当兵的。方圆百十里内，连放羊娃都知道这么一句词儿：牵个当兵的郎，强比嫁县长。意思是县长的官儿再大，也是围着戈壁滩打转转，找个兵娃子回内地，就算面朝黄土背朝天修地球，那也是山清水秀不缺氧，不会再吃沙子喝咸水，过犯人的日子了。还说万一运气好，嫁个有出息的主儿，进了北京、上海也难说。说在山丹当地，就流传着这样一个故事。有个放羊人家的女娃子，好看得跟雪莲花似的，被一个连长追到，就带上她远走高飞了。没几年连长升成了军长，两口子带着家属，坐着直升机回到了山丹，飞机降落到他家帐篷前边，螺旋桨的风，把周边的黄沙吹起来两丈多高。

当然要嫁个当兵的也不容易，得八仙过海，各显神通了。县城里的姑娘，追起来容易得多，好赖吃着供应粮，可以打着工会、共青团什么的旗子，去演习场上慰问慰问，顺便打探一下，撮合一番，而且眼珠子都是盯着穿四个口袋的军队干部的。乡里女娃就有些可怜，就羞羞答答地去给部队送水，看到有意思的，就跑到山上挖雪莲花，和虫草去送人家，为这事儿滚下山崖和喂了狼的都有。当然也有好多小兵娃子占了大便宜，他们出一根冰棍，就把大姑娘带回了老家。

我在分局机关驻勤结束，养好了头上的伤，就又返回了张掖。后来经常去山丹出差，也亲身体会到了身为一名军人，被这里的姑娘青睐的过程。我写出一例，作为对昔日友人的怀念。

山丹火车站在戈壁滩上，张掖火车站在绿洲上，二者的差距不言自明。

每次从山丹出差回来，我都给何主任说，没找到山丹花，只看到骆驼草。唠叨了几次，何主任就明白，我是抱怨山丹的条件太艰苦。就给我上政治课，说以前他们去了都是吃干饼子喝凉水，夜里睡在候车室里的长凳上。现在遇上了改革开放，车站盖了两层楼的招待所，还有一个退休老头儿，带一群小姑娘开包子店，吃住没了问题，闲了还有个地方扯闲蛋。说得我哑口无言。后来发现这小站上也有它的乐趣，单身小伙子姑娘聚起来也有一群，和他们混在一起，生活就不单调枯燥了。

马洁就是这一群中的一个，是我在去山丹的火车上认识的。

当时我坐在硬座上打盹儿，隔壁几个人打扑克牌，你输他赢，一惊一乍的。其中有个女声尖细甜美，如小鸟鸣叫。我好奇起身凑过去侦察，发现是位年轻漂亮的姑娘，白色衣裙，皮肤白嫩，长得像个洋娃娃，觉得是路过的大学生。

接下来我认识了小伙子王荣和，是车站的一位调车员。一头波浪卷长发，上班时穿件破棉袄，腰里系根带有铁钩的麻绳，趴在飞奔的火车皮上，干着提钩、联接、制动的活儿。听他的工友说，这人干活儿很毒，能在沙尘暴中完成作业。他稍有空隙，就来调度楼上兜圈子，见个人就斗嘴，见了我这个爱说话的，嘴巴就过了年。下班了却不回家，把头发弄得油光发亮，穿一件花格子西装，在站台上蹓跶，见我没处去，就邀我去他宿舍玩。他愣头愣脑的，我凭什么跟他玩。一天我忽然发现，他搂着我在火车上看到的，那位声音甜美的姑娘，在站台上蹓跶。他再约我去，我竟然就去了，腿不听使唤似的。去了知道那姑娘名叫马洁，有工作还是待业，就没好意思问。

一天晚饭后，我在车站周边散步，散得漫无边际。从日落西山，晚霞似火，一直散到夜幕降临，戈壁滩上的兔子都开始回窝。散到远离车站的一处扳道房门口，透过玻璃窗户，我看见马洁坐在里边。她也看见我了，开门迎我进去。扳道房很小，墙上很整齐地挂着铁锹、扫把、扳手、管钳等，窗台上放着电筒、矿灯、旗子、望远镜。地上一个小火炉和两把紧挨在一起的铁椅，几乎没啥空间。聊起工作，她说扳动几次道岔，清理几次沙土，大部分时间都是瞅着远处的红土大山发呆。她说话过程中，我的脑子里联想到了深山古庵中，漂亮的小尼姑。我说应该错开上班时间，让王荣和来陪她，她说只有下了班才能在一起。问有坏人来咋办，她说一摁电铃，王荣和就跑过来了。我想说我就是个坏人，你现在搵一下看。话到嘴边没说出口。

后来散步还想去那个扳道房，又觉得不好意思。在站台上碰见腰里缠着麻绳的王荣和，我开玩笑说，想去看他女朋友，他推我向那个方向走，说谁去陪他都感激不尽。我真去了，拿起窗边上的望远镜，朝车站运转室望去，看到王荣和正举着望远镜往这边看。为了逗王荣和开心，马洁故意把身子往我跟前靠，我赶紧往屋外跑，马洁追出来扯我胳膊，搂我肩膀，弄得我像惊弓之鸟。

往后我就不去那儿了。

一年后的一个夏天，我在山丹车站检查几十辆军用平板车，遭遇了一场突如其来的暴风雨。我没别的选择，冲就近的扳道房跑去，马洁正好又在上班。外面风雨交加，屋内充满了泥腥味儿。她对我非常热情。问王荣和在哪儿，说还在车站上班。这时候拿望远镜肯定看不着啥。雨总是停不下来，我迟疑了一下，咬着牙冲出了门外，屋里的惊讶声如鸟鸣一样好听。

再一次见到马洁，已经是六年后的1993年了。在兰州定西南路的一个餐馆里，我招呼来兰州办事的她吃饭，依旧声音甜美，青春靓丽。聊天中知道，两口子后来调到武威南房建段工作了，有一个可爱的儿子，日子过得平淡无奇。说起在山丹火车站的相遇，她语出惊人，说当时已经恋上我了，就是等不到我有所表示。我哈哈大笑，问把王荣和搁到哪里。她说选择王荣和是一种无奈，就巴掌大点的地方，选一头健壮顺眼些的猪都不易。

马洁的话是真是假，没人知道了，我的回答却是一个借口。

当时一心要奔向兰州，对于任何扯住我裤脚的诱惑，都会咬紧牙关拒绝。

马营记忆

马营，是河西走廊一带老百姓，对山丹军马场的习惯称呼。

我对这地方的印象，最早是坐火车时，听当地一位文化人吹嘘过。说最早在焉支山下，住着许多爱涂胭脂的匈奴美女，被汉朝的飞将军李广，追杀得脸上尽失了颜色什么的。后来成了皇帝的养马场，当过弼马温的孙悟空，原型就出在这地方。后来又从一篇文章中看到，这地方在民国时期，被青海军阀马步芳霸占着，据说王洛宾的名曲《在那遥远的地方》，就写的是这里。印象中那儿很浪漫，姑娘很多情。后来看《牧马人》和《祁连山的回声》这些电影，知道那片土地上发生过许多悲壮故事。曾经幻想过，有一天去那里看看。

跟着导演拍电影"出镜"，是第一次去马营。

刚去时，路上遇见成群的马匹集结，久旱的草原上，扬起一片片黄尘，天上有直升机掠过，路上有越野车队飞驰。原来有大领导从空中检阅马群，在停机坪上品尝马奶子酒。

掀开一个帐篷的帘子问路，主人是位黑红魁梧的牧马汉子，三句话没说完，就从床下弄出一塑料桶青稞酒往碗里倒，感觉他酒还没醒。我们连忙推辞，出门看到一群马奔驰过来，就急忙抢拍，范参谋挂在胸前的宝贝相机，也派上了用场。

去分场的招待所居住，看到客房里的墙上净贴的是摄制组的作息时间和工作安排图表，屋里凌乱不堪，收费却比兰州的酒店还高。

　　这时候局里的宣传处长驱车追上了我们，带着我们就近去一个连队的食堂吃饭。处长姓白，京腔、西装、大背头，气质不凡，聊起来才知道是北京知青留下来的。老婆孩子回京了，他在这里有事业还没完成。说给我们的，他最荣耀的事情是，电影《青春万岁》开头有舞蹈场景，一群人围着一堆篝火起舞，领舞的小姑娘就是他的宝贝女儿。我没看过这个电影，想象中她应该是一个美的精灵。吃饭期间，我发现厨师和服务员的皮肤都很白皙。白处长介绍说，这里基层还是军事化管理，他们多是留下来的知青，或知青子女。问还有没有没返回老家的，他说有。极个别的什么都不要跑路了，多数还是走调动的路子，保留个名分。说这里的基层员工统称牧工，户口本上没注明是市民，还是农民，往回调全凭户籍警手上的一支笔了，喂肥了不少人。

　　在马营有名的窟窿峡景区，我遭遇了一次危险。

　　我们到湖畔停下车，就着急地立三脚架，趁着午后天气好，抢些风景镜头，用作纪录片中的花絮。蓝天白云下是高高的雪峰，往下是松林、草地、油菜花，再往下是大片湖水，湖水里倒映着蓝天、白云、松树、草地和油菜花。我没见过这样的美景，拍摄这个不需要"出镜"，我就顺着湖畔蹓跶了过去。

　　突然，摄像李勇在身后喊我，声音压得很低，带着哭腔。我回头一看，他们三个人慌慌张张地，抱着摄像机和三角脚架、电源箱，往北京吉普上跑。

该不会是狼来了？

我往远处一看，几百米外的一片斜坡上，一群牦牛都执着长长的双角原地不动，冲我们拉开了冲锋架势。我不知道这是我头上的大檐帽惹了祸，帽子上的那一圈鲜血的颜色，刺激了它们的情绪。范参谋喊让我把帽子取下来，可能也是慌了，没说让藏到怀里。据他们后来分析，我当时如果取下帽子拿在手里晃来晃去，肯定会起到西班牙斗牛士手上的那块红布的作用，牛群冲过来的局面会难以避免。可我哪里懂这些，我懂的是遇到野狗扑咬时不要跑。我努力控制住自己不跑，转身慢步往车跟前走，不经意地看一眼湖水，实则是偷看牛群的反应，小腿肚子哆嗦个不停。上了车走得很远了，牛群还在那里保持着准备冲锋的姿势。这一次虽说惊险，却无意中显露了自己性格中的底色，往好里说是沉着稳重，往坏里说是老气横秋。

返回的路上，遇到马场的一群保卫人员，在心急火燎地追人，我们都以为是追拿逃犯，一问才知道，是在追几个大学生，他们嫌这儿苦，分配来没几天就连夜跑了。不是想追回来，而是想把毕业证书和行李卷给他们。

那时候正打两伊战争，山区作战，马的作用很大。有一次装运五百多匹马，是个大买卖，马场管理局的董副局长亲自来了。他拍着我肩膀说："小赵，我安排给你杀了个马驹子下酒。"我吓得连说："不敢，不敢。"火车站乔站长听着了，说我大惊小怪，草原上杀匹马，跟我们家里杀只鸡是一样的，我还是觉得不妥。饭是安排在离火车站不远的马场转运站食堂里的，看到餐厅里坐了四十多个人，我才释然了。

这次喝得烂醉如泥，马驹子肉的味道都没记住，醒来发现睡在门房里。看门的是个秃头老汉，还有个小姑娘，穿着校服，脸蛋红红的，额头上有块疤痕。屋里除过两张破床，堆的都是柴火。他们说是从后院的沙坑里把我抬回来的，弄得我很不好意思。

过了一段时间，我顺路带去了两双解放鞋，算是感谢他们。秃头老汉一个人在屋里，想求我帮忙找公安，查找他闺女的生身父母，说娃今后上学他供不起，我说找机会吧。后来听车站里的人说，这个老汉是个刑满释放犯人，出狱后在这里落了脚。闺女是他在火车站上拾的。我嘘唏不已。

我在 1988 年曾到马场买菜籽油，是在转运站上提的货。转运站上那个红脸蛋的姑娘还认识我。正好是国庆放假，她爹出门捡垃圾去了，她端出一碗茶给我，和我聊了一会儿。我鼓励她好好上学，她说学习成绩一般，想早点儿嫁人。

"为什么？"我问。

"我爹太老了，要找个人养。"

"有啥条件吗？"

"不要彩礼，弄口棺材过来就行，动不了的话，要给碗饭吃。"

大约 2000 年的秋天，中国航空工业配套总公司的贾处长、娄处长约我到河西走廊故地重游。经过山丹火车站时，我找借口去了那个转运站几分钟。看到我酒醉躺过的那个沙坑，早已填平了，上面是两间矮房子，用破砖头垒起的，旁边是一片菜地。一位少妇背着小孩给菜地除草，一个少了半截胳膊的中年男人，提着铁桶往地里浇水，旁边还有个小男孩四处奔跑玩耍。少妇头上有淡淡的疤痕，她瞅了我一眼，就又低头干她的活儿了，目光很是陌生。我装作走错了地方，没搭话就离开了。

下次有机会经过的话，我还会在那个院里走一回的，能与主人聊上几句更好。

被欣赏

大约在 1989 年的秋天，山丹火车站的站台上，一列满载部队的火车准备返回。

战士们都显得很兴奋，看得出来庆功酒没少喝。开车前打开窗口，与后续部队的战友们告别，个别的和站台上卖包子的小姑娘说笑逗嘴。汽笛拉响，列车喘着粗气开始爬行的时候，突然有个卖包子姑娘哇哇大哭起来，说是有个战士的手，摸了一下她的胸脯。这事情明显是一场误会，据车上的士兵和站台上的其他人后来证明，是我们的那个战士买了一袋包子，付完钱后伸手从货车上去拿，不小心手背碰到了那个姑娘的胸上，完全不是故意的。

这姑娘长得很漂亮，哭得花容失色，稀里哗啦，站台上一下子乱成了一锅粥。山丹这样的小火车站上，这些事情常有，开车前旅客伸手摸卖货姑娘的脸蛋、拧胳膊之类的就更多，发生了也很无奈，受辱的姑娘最多诅咒几句，发泄一下怒气，也就了了，因为火车已经开动了。可这一次牵扯到的是我们的解放军战士啊，军纪如山，事情非同小可，我这个军代表看到了，不能这么让军运列车开走。转身急忙扑向正朝火车司机挥动小红旗的车站值班员，大喊不要发车。值班员也看到了远处的哭喊和混乱，手中的旗子的摆动就变换了动作，司机看到后，来了个急刹车，火车没出站就停了下来。那个被冤枉的士兵，只好下车接受处理，火车这才开走。

回到站长办公室，乔站长叹着气说，这姑娘叫罗娟，她爹老罗和他一起在1960年逃难出来当的工人。家属没工作，在铁道上捡煤渣，老罗退休了，在附近采石场打工，闺女就不了业，一直找他帮忙，包子店的活儿还是他安排的。那时候没别的就业出路。晚饭我是去包子店吃的，进门没看着罗娟，其他的姑娘变成了一群麻雀在叽叽喳喳，都在议论今天站台上发生的事情。有的说，解放军该来道歉。也有的说可能不小心碰了一下，还隔着衣服，哭两声装装样子就算了，别寻死觅活的，看着别扭。

我一声没吭。

吃完饭我回招待所，发现那个被押走的兵，送到靶场后转了一圈儿，又押了回来，关在招待所一楼的一间客房里。负责押送的是一位副指导员，聊起来才知道，带队的是一名副军长，一听就拍了桌子，说如果真的要耍流氓了，就开除军籍，押送回家，现在住这儿等进一步查实情况。

天黑以后，戈壁滩上干热难耐，蚊虫成群，楼下关着的那个兵哇哇大哭，折磨得人没法入睡，我就下楼去外边蹓跶一圈儿。老远看到站长室灯亮，就去敲门。我说部队正在核查、对质，有可能要把那个兵开除回家，乔站长说，至于吗。皱了皱眉头，说：

"这件事，其实现在也说不清楚，当时也没有证人。建议部队不要放过一个违纪者，但也不能冤枉一个好人。其实，我听说罗娟这几年一直想当兵，如果能让女娃娃当个兵就好了。"

我听出了他的意思，但没接话茬儿表态。我知道罗娟和乔站长的意思了，他们只是想通过和部队发生个纠纷，达到送罗娟到部队当兵的目的。

我想，一个女孩子想当兵，也是爱部队的表现，这样，那个被冤枉了的战士也能被洗了清白。我一下子陷入了深思状况。

乔站长见我表情，连忙追问道："你是军代表，给咱们撮合撮合？"

一听这话，我的头就有些大。这哪是我一个小参谋能撮合成的事情。可又不能一口拒绝。长年累月的在这儿干军运，站长得罪不得，就推托说，夜里琢磨一下。

回招待所里就睡不着了。躺床上想来想去，觉得这事儿棘手，可也值得一试，办不成也能落个人情，反正也不是什么违法违纪的事情。

第二天我就联系部队运输科，让他们派车来接我去靶场，一路上，我的心里都是莫名的紧张。

部队是轮换着来这里的，指挥班子在靶场驻扎，戈壁大滩上列阵摆开一排排的军用帐篷，远处是明晃晃的雪山，看着威严无比。我提出要见副军长。出来一位上校，说："副军长是你想见就见的吗？"我这才意识到自己说话冒失了，脸上不由得发烧出汗。旁边人介绍说，这是他们旅长，我就赶紧立正敬礼。旅长的态度很冷漠，半躺在椅子上，没让我坐下的意思。问我什么事，我说是为昨天站台上的事，他打断我的话说："这个兵不管摸没摸那个小姑娘，反正他最起码没有做到避嫌，现在我们决定让他回原部队，年底直接退伍算了。"

"我…… 我是代表火车站，来为那个兵求情的。"

旅长的身子一下子端坐了起来，让我把话再说一遍。我说兵押在车站招待所里，车站上好多人看见了，都说处理太重了，站长就让我来反映反映。旅长脸上就多云转晴，招呼通信员给我倒茶。还诉苦说，出了这样的丢人事情，不从重处理，车站肯定不干，过几天在车站开庆功大会，还邀请地方领导的，他们肯定来闹场子。可也不能随便开除一个兵，得有真凭实据，意思是部队也面临着两难。这个时候，我的紧张劲儿缓解了很多，就清了清嗓子，鼓足勇气，把夜里想好的话说了出来。

"我替咱们部队想好了，那个姑娘特别想当兵，非常热爱部队，学历各方面也符合部队女兵征兵标准，到了部队，一定会成为一个好兵。不如把那个姑娘招去当两年兵，那个兵也从轻处理算了。"

旅长不说话，直皱眉头，起身去了另一个帐篷，我觉得他去请示少将副军长了。老半天才回来，说优秀女青年部队当然需要，也求之不得，但能不能当兵，还要看她体检能否过关，政审能不能过关，还有铁路武装部的征兵指标和手续，这些都得走正规渠道。我一听这话，就觉得事情已经有了八成把握，说话也有了底气。说这些铁路上要求也很高，正如当时正在征兵时节，让罗娟前去报名，在同等条件下优先考虑。旅长连连点头，喊来运输科长，让他具体事宜与我联系办理。

也是罗娟的命好，体检和文化考试以及政审，她样样都排在前

164

列，其实当时她不闹事，正常情况下也能入伍，这样一闹弄得整个车站的人都知道她了。

一个月后演习结束，部队在火车站的包子馆里备了两桌酒席，感谢铁路和军代表。少将副军长亲临了。因为我在现场检查指导列车的加固捆绑，两桌子人等了我四十分钟。我赶到后，桌上一位肩扛黄牌的白发老头儿，就命令全体向我吹冲锋号。座位上的军官刷地站起来，右手持一瓶揭了盖的啤酒，瓶口对着嘴巴，瓶子屁股朝天，左手往腰里一叉，咕咚咕咚起来，喝完的都是一声长啸。我哪敢站着看他们喝，也抓起了一瓶。无奈在后勤部队里散漫惯了，喝酒的速度太慢了。最后一个喝完，被罚了一瓶，喝得眼冒了金星。

敬酒的时候，副军长说他很欣赏我的办事能力，把一件说不清道不明的事理得清清楚楚，既没冤枉一个好人，也为部队挑选了一位优秀的女战士。副军长说，如果我想调他们那儿去的话，他同意接收，往后还能在山东烟台结婚成家，那儿可是个好地方。我连声感谢。

1989年冬天，局军代处政治部的丁主任，收到了烟台空军发来的表扬信，里面夹带着那个罗娟姑娘写的当兵入伍决心书。丁主任得知罗娟当兵入伍决心书是我润色的，认为我的文笔不错，能写材料，就这样，决定借调我去政治部工作。

没多久下发了正式调令，我在河西走廊五年的工作生活正式结束了。

（发表于《西北军事文学》2015.6，获《西北军事文学》2015年度优秀作品奖）

赴任

我从部队转业前最后的任职，是驻柯柯火车站军代处主任，可实际上我只去过一次柯柯。

大约是 2002 年 7 月，青海省乌兰县主管民政的副县长，带着新上任的柯柯军供站站长，来我们格尔木铁路军代处走访过一次。当时我们单位的张永科主任和李海副主任接待了他们，在格尔木军供站吃的饭。因为该军供站属柯柯军代处的业务范围，所以我也受邀参加了。副县长是藏族人，中央民族大学毕业，体魄雄壮，汉语流利，谦和而热情。军供站长年轻且能喝酒，嘴里老有一句口头禅："出家人不打诳语。"二位来访的目的是，多给他们柯柯军供站增加些军用饮食供应任务。因为几年来铁路提速，过往青藏线的部队，用不着在每个军供站都吃饭了。我当时心里想，不干活白拿工资还不好，几顿饭里能有多少油水。就没提什么看法和建议，只是表态按领导的要求办。

到了 8 月中旬，因为某基地调整驻防地点，需要组织较大规模的铁路输送，我在李海副主任的带领下，蹲点在德令哈车站，参与组织协调和指挥。当时空车集结和整备的地点在柯柯车站，我前去检查车辆，有幸"视察"了我的"领地"。去时是从德令哈乘机车去的，到柯柯时约下午三点。上站台打问，他们看我穿着军装，反问我是不是新来的军代处赵主任，说是站长书记在信号楼上等我。原来是我们军代处的值班干部打来过电话，车站上误以为我这个柯柯站军代处主任来上任了，现在是迎接我的到来。他们说以前的军代表撤走十五年了，一直没再派人来，现场军运工作多有困难等。简单的几杯茶水，几句迎候的话语，让我备感亲切。也实在是说不出口，说我只是来出一次差，并不会长期驻守在这里这样的话。其实柯柯车站军代处的编制长期都是有的，只是因为别处任务更重，多年来一直为西宁分局所占用。让我更吃惊的是，车站竟然把以前军代表办公和住宿的房子腾了出来。是与候车室连在一起的一排陈旧瓦房中的一套，里面连有三间，一间办公，两间住人，这些年来车站一直做仓库用，我来前他们刚刚收拾整理了出来。里面放了简单的桌子和床，墙上隐约有小孩写的算术题。就算当下进驻，这地方也太憋屈了，这是我当时心里的想法。陪同的是陈老站长，他早已退休，因为闲不住，就长年在车站打闲杂。据他介绍，这房子在1986年还住着军代表一家人。说当时相邻的哈尔盖、连湖车站都驻有军代表，都是拖家带口的。那时部队多，军运任务重，虽说都离有百多公里，可还是经常相互串门，包饺子，跟亲戚似的。来回不是搭机车就是蹲守车，人受罪可心里热得很。接下来我去检查车，晚上在陈老站长家里蹭的饭。原来老站长是汉中人，为解决老婆的民办教师转正，和几个孩子的城市户口，从安康铁路分局来到了青藏线上。他为办这些事情花完了积蓄，借了一屁股烂账，把青春都献给了高原，谁知道后来户口却放开了。现在孩子们又高考回了汉中，他却因高寒缺氧得了一身病。老婆在柯柯铁中还想干三年才能退休，他只好守着。夜里我住在工务段的小招待所里，可能因缺氧失了眠，老军代表和老站长们当年的生活情景就在我的脑子里过了一夜的电影。

第二天一早我检查了一批平板车。没啥事情，就在柯柯镇上和周边蹓跶了一圈。柯柯是乌兰县的一个镇，主要集中了铁路系统的一些站段，老远看去有好大的一片房子，这在空旷寂寞的柴达木盆地里，已经算是一个大地方了。从南到北有两条街，五层楼房盖得密密麻麻，可许多窗户都没玻璃了，街上行人稀少，好多个大院铁门上都挂着锁，看起来是落魄和破败了。原因是铁路站段撤并和火车提速，看来改革和技术进步，并非所有的地区和人员都能够受益。这个时候我不由得想起了柯柯军供站。虽然这次来，并没有与它有关的业务，可我还是抑制不住地想去看一看。

太阳快落山时，我蹓跶到了后街南头的一个院门前。看到宽大的厨房、餐厅和厕所，我就知道是到了军供站。因为我长期在车站工作，看着这些还是很亲切的。往里边看，冰锅冷灶，没见有人影。院子本来就是沙石填成，竟然也长着不少绿草。那位年轻的站长正好值班，见我进来就从屋里热情地迎了出来。他以为我正式进驻柯柯了，就很客气地把我作为领导来对待，摆出了一副汇报工作的架势。他陪我认真看了站上的每一间房子，还拿收集的一摞军运规章给我看，里面都用笔画上了不少圈圈点点，看得出他对工作还是很认真的，不光是能喝酒。在跟他的交流中我认识到，长期没有饮食供应任务，绝不是我们想象的那样，是睡着拿工资那么简单，而是有很多害处的。厨师手艺无法得到锻炼和长进，设备因为不运转，导致生锈和失修，员工也得不到锻炼，单位工作也得不到民政系统的认可。然而柯柯军供站并不是可有可无的，一旦有大部队紧急过往，全扎堆到友邻军供站去吃饭是不现实的，他们也没那么大的供应能力。养兵千日，用兵一时，那时候柯柯军供站完不成任务，军地双方恐怕都有责任。聊到这里，我对这位年轻的站长有些刮目相看了。看来他们急着想为过往的部队做饭，并不是想贪点什么小利。其实柯柯的任务少，并不单纯是列车提速的问题，因为军列的运行并无规律，柯柯一样会遇着吃饭点，问题是恶性循环引起的。长期以来，由于多方面的原因，导致柯柯的饭菜价高而质量差，过往部队都多有怨言。我们军代处的军调值班和现场接车人员有了这个印象后，就不太给过往的部队推荐在柯柯用餐，渐渐地形成了习惯。看来要改变这种状况，柯柯军供站的自身努力是关键，我们铁路军代处的帮助指导也是少不了的。

第二天一大早，我正在车站检查空车，军供站站长又心急火燎地找来了，说是那位藏族副县长要来给我接风。天哪！真是太高看我了。吃饭在街上一个小餐厅里，酒菜也很简单，军供站站长喝酒时，还是要说他那句"出家人不打诳语"的口头禅。我和藏族副县长也敞开心扉，说了不少知心话。能了解一个藏人的内心世界，我这还是第一次，尤其难忘。听他说从中央民族大学毕业后，本来有在外地工作的机会，可还是惦记家乡的发展，就回来了，这不由得让我感动。看来人只要有事业和热情在，生活在哪里都是幸福的。我们军代表的工作和生活条件比他们强多了，为什么好多干部还牢骚满腹，不安心工作？原因恐怕就在这里。对于柯柯军供站的工作，我把自己在张掖和兰州西两个车站多年工作的结验，都介绍给了他们，并保证回去给领导认真汇报，尽快着手从西宁分局军调值班，和现场接车两个环节着手落实。还建议他们走访路局军代处，给管内各分局和车站提出要求，自己今后也要多协调沟通。席间我说自己这两年转业了，柯柯海拔比格尔木高，自主择业的待遇也高，又是正式编制，将来转业到乌兰县行不行。副县长满口应允到时保准照顾。问我何时正式来柯柯工作，我推托说办完了别的事情就来。

从柯柯车站检查回来后，我被安排进驻了格尔木火车站，三个月后确定转业。虽说选择了自主择业，可毕竟没有正式进驻柯柯，而且因为离西藏远，乌兰县并没有格尔木的退役金标准高，所以还是选择了后者。现在想起来，还是有些对不起藏族副县长的一片热情。后来虽说多次乘火车路过，可再也没机会踏上过柯柯的土地。

离开青藏线，到南海之滨生活十五年有余了，现在时常会想起那里。不知陈老站长和老伴儿回汉中老家了没有，柯柯军供站的饮食供应量增加没有。如果有战友们出差去那里，请代我向他们问好！

（载入《青藏铁路公司军代处处志》2015.4）

住久了的地方就是家

我第一次看见海，是 1996 年在青岛崂山。当时面对这水天一色的茫茫世界，我激动不已，感叹连连。脑子里忽然滋生出了到大海边生活的念想。觉得造化弄人，让自己投生在了干旱少雨的黄土高原上，而且已受熬煎三十多年了。后半辈子赶上了好时代，若能换个活法，过上它几十年面朝大海、春暖花开的日子该多好。这个念想，大概是从脑海里涌起的一朵浪花儿，瞬间就被惊涛骇浪给淹没了。自己还身处军营，肩负着一家老小的生活，想去哪儿就能去哪儿？

2003 年，我从部队转业时选择自己创业。打工在哪里都行，就不能去青岛吗，况且妻子也没固定工作。可一打听青岛房价上万，脑海里的那只小浪花再次被淹没。这时有消息说，北海的房子卖成了白菜价。最初我以为是北京景山公园边上的那个北海，以为北京人嫌那儿吊死过皇帝太晦气。我穷当兵的出身，钱少胆大，屎壳郎过尿缸，都以为是漂洋过海，我去了瞅着那一湖水，就全当住在海边了。后来，我上网查询，原来说的是广西北海。

走，坐着火车去北海，到海边做个幸福的人。

回家一讲，老婆的脑袋摇得比拨浪鼓还要快。军官混成了无业游民，一天三顿饭没了保障，还做那白日梦。我说咱不去买房，去旅游一趟，老婆说白花钱。我说部队最后一次发随军家属补助费，不旅游不报销（实际是发个人的），老婆无奈同意了，可就是不愿去没什么名气的北海。我说北海有个银滩，顺着滩走能蹓跶到十多个国家，省好几万块呢，老婆勉强同意了。

一路火车，老婆都是满脸狐疑，好像我要卖了她似的。天亮出南宁火车站，看到寒冬腊月里，鲜花盛开，椰子树摇曳多姿，老婆才相信南国的土地实在是神奇。到北海我先带一家人去吃海鲜，哄老婆高兴一下。在三中路花五十元，蟹虾贝螺地吃了四菜一汤，老婆的脸上就多云转晴了。再看，房子每平方米千元左右。再游，风景的确如诗如画。我已经心花怒放了，老婆却死活不愿意买房，说以后卖不出，住不成，还背不走。如何说服妻儿老小，这成了大问题。三岁的儿子跟我去银滩玩，忽然看到海面上有海豚出没，很是有趣。我就告诉他说，在北海买了房，能骑着海豚去国外玩了，他就扯着妈妈的衣服哭闹着要房子。女儿十三岁，好奇而胆小。去冠头岭路过出口加工区，看到有很长的铁丝网，和隔着网大片的荒草，就惊恐说，那边一定是越南，一定会有人往这边打黑枪。我说这儿要建大工厂，越南鬼子不敢来的。就算来了，我这个老兵一定会跃过铁丝网擒住了他们。说着就攀墙示范，没翻过去，裤缝撕裂了一尺长。夜里我不厌其烦地给老婆说，现在流行炒房子，我们投资上一套，就算不住，过几年卖了保准赚一大笔。机不可失，时不再来，一套房子也就十来万，万一亏了，我后半辈子当牛做马给你挣回来能行吗。老婆顶不住了，我们就在云南南路银湾花园买了一套步梯三居室。

　　回到兰州后，一时没合适的工作可干，我就想来北海创业。老婆说过几年不行吗，我说过几年去，女儿就被算作高考移民了。老婆说那就等女儿高考完再去，我说那时候我都四十五六岁了，当搬运工就没了力量，给老板倒茶水都弯不下腰提水壶了。再说打工这事儿，总得低三下四，在兰州认识的首长和战友多，拉不下面子，到了外地，就算是丢了人，也没有人知道。老婆埋怨说我总是有理，我就向她保证，六年后女儿上了大学，一定搬回北方过退休生活。

　　2004 年 6 月，我携一家四口，正式从大西北兰州搬来了北海。

　　人常说，树挪死，人挪活，这话多半儿是一种鼓励。就算是一脚跨进了天堂，恐怕也有个适应的问题。儿子看别的小孩捉迷藏，自己也很乖巧地去藏了起来，可就是没人来捉他，气得直哭，弄得我对一群陌生的孩子大呼小叫，还被他们的家长报了警。女儿抱怨，在学校里听不懂同学们聊天，觉得寂寞孤独，我只好劝她说，听不懂更好，不分散学习精力。老婆抱怨北海的蚊子能垂直升降，直角飞行，善于游击战，出入裤管、袖管，如入无人之境。我就说你没见这里的苍蝇有多么的笨拙，你都伸手捏住了它的翅膀，它还立着发愣。我呢，则老寻思着没亲没故的，万一被人打倒在街上找谁来救呢。后来做装修、卖保险，与当地文友接触，渐渐地走在街上，能遇着个打招呼的。后来战友们也来北海买房，我就帮他们装修和出租。开办了家小公司，算是有了自己的事业。老首长、老战友们来北海，也能解决个吃住行了。他们都很感慨，说现在反腐败，在台上的很谨慎，退下来的日子也紧巴，遇上外地友人来，不是捉襟见肘，就是悄悄装孙子了。

　　转眼十二年了。女儿早已读完了大学，儿子在北海也已经朋友成群。老婆回了两次老家，回来后老喊叫说，回去皮肤干燥难受，天气冷冻得受不了。我说我们出来的时间太长了，该返回去了。老婆却说她不回去了，就在北海生活下去，原因是自己已经适应和喜欢上这儿了。再说，现在有好多的北方老人都南迁北海养老，我们哪能逆潮流而动呢。

　　"你不想回家了？"

　　"哪里住久了，哪里就是家了。"

　　"哎——老婆，来北海这么多年，我发现你有出息了，我没成为作家，你倒先成为哲学家了！"

　　"都怪你！"

　　我没再接话茬儿，就转身躲开了。

　　怕她看到我的偷笑。

（发表于《美文》杂志 2017.3）

狗殇

一

我这人对狗无恶感，可也不怎么喜欢。

童年时我生活在一个三四户人家的小山村里，院门口长年拴着一条狗，我对狗的接触和认识也是从那时候开始的。从有记忆至我十七岁离开故乡，这院门口先后守过三条狗。都是一米左右的土狗，无论老幼和颜色黑白，全都是肋骨凸起，皮毛污秽，行动迟缓，叫声无力，且见人就乞食摇尾，全是一副可怜相。那时候我家穷，人都吃不饱，有点儿糟糠野菜，得先考虑鸡和猪，为的是能有几枚鸡蛋，能让猪多长些膘，好卖钱供家里买灯油、火柴和盐，倒进狗食盆里的，经常是几瓢涮锅水。家里当时没啥值钱的东西，外出上工劳动，门上都不上锁，用母亲的话说，能有个响动就行。意思是没必要让狗吃饱，吊住命也就行了。这些狗呢，也不怎么争气赢人，门口来个生客，它们都是敷衍着汪汪几声，离老远就往后退缩，人走远了却扯着绳子往前冲几步，似乎是表演给主人看的，为的是混几口稠食吃。尤其在我蹲茅坑时，它们大都守在一旁等着吃屎，可怜巴巴的，让我印象深刻。其中一个因为实在喂不起了，送给了山坡下的吕姓人家，拴在他家门口，吃了几个月的好食后，见了我就爱搭不理的，摇一下尾巴的同时，立马拉一下脸，好像我家欠了它好多似的。偶尔挣脱了绳索，也没见得跑回我们这个老主人家来。

当然，狗与狗是不一样的，我大伯家的狗就是另外一种样子。大伯家劳力多，吃闲饭的少，堂哥又在城里当工人挣工资，他家的日子好过一些，院墙也比一般人家的高，大门二门上也都挂着锁的。记忆中他们家门口，拴着的是一条大白狗。这狗是长年吃剩饭剩菜的，喝的涮锅水也比别人家狗盆里的要稠得多。这狗也长得结实，性情凶悍，老远听着个动静，就扯拉得脖子上的铁链子吱嘎作响。看见墙头上落只鸟儿，它就立起身子顺墙攀爬。来客人时，得把它圈进窝里才敢引客进门。它仰着脑袋，汪汪上一嗓子的话，声音能翻过好几个山头。大伯家里的人有闲时间了，还会给大白狗梳理毛发，捉身上的跳蚤，搂狗脖子亲狗脸的事情我也看到过，那个亲热劲儿，让我这个当侄子的都羡慕和嫉妒。后来听父母说过，这狗曾经救过伯父一个孙女的命，吃香喝辣都是应该的。说是有一年不知啥原因，我们这山沟里突然有狼出没，曾经发生了一群狼咬死一头公牛的事情。伯父的孙女大白天在院门外玩耍时被一只狼叼走。当时大白狗还是个狗娃子，可它冲过去死死地咬住狼的尾巴不放，直到伯父听到哭叫冲出来，给狼腰上抽了一棒，才救下了小孙女的性命。

有一年秋天，突然听说大伯家要宰他家的大白狗，这把我惊得不轻。而且事情来得急促，刚听到消息，父母就把我们兄妹往窑里面推，还死死地关上了门，说是声音瘆人，听着了要做噩梦，看到了会吓晕过去的。于是就把我们兄妹几个推到窑跟上黑咕隆咚的地方蹲着，还让用手指塞上了耳朵眼儿。我当时好奇地把手指松了一下，就隐约听到了狗的惨叫，觉得身上的汗毛一下子全都竖了起来。后来知道，对那条大白狗行刑的地方，就在紧挨我们窑庄的山弯里的一棵老柳树下。说是狗命长，刀子杀不死，只能勒以绳索。请来的行刑人，是村里一位好吃而行事毒辣的恶人，伯父家只要回了狗皮，肉全给了他。听说把大白狗哄骗到大柳树下，套上绳索后，把绳子的一端搭上树杈，抓住绳头用力一扯，狗就惨叫着往树身上抓爬，折腾不了几下，就吊在了空中，屎尿失禁，其惨状非常恐怖，不可言表。

第二天听母亲说，伯母为这个大白狗的死，好落了一鼻子的眼泪。我说不杀不就行了。母亲说，大白狗太老了，只浪费粮食，不太能撕咬了，而且还有病，尽散臭味，再迟几年的话，皮毛都没用了，如果病死在门口，会变成狗鬼缠主人的。

打这之后，无论听到谁多爱狗宠狗，把狗当孩子养，或狗护主人一类的事情，我都是一笑了之。我觉得相对于主人而言，狗毕竟是狗，再亲密的关系也不过如此。就连那些被主子当狗使的人，我也觉得结局跟狗不会差多少。

二

2003 年我定居北海，从事房屋托管工作，结识了宁波的董叔和郑姨。董叔是退休的国企厂长，还是享受国务院津贴的专家，虽然已白发盖顶，可说话办事，老革命气派一点儿也不减。郑姨是退休会计，五十出头，青春犹在，活泼而时尚。二人是再婚夫妻，看起来过得很甜蜜，外人老误认为是情人关系。他们来北海买房养老，房子不算高档，装修得很温馨。董叔买完房拿不出钱装修了，看来他是个清官。郑姨承担了装修花费，她因此显得更加自信。二人天天走路手拉着手，吃瓜子时郑姨要给董叔先嗑出一大堆仁儿来，吃饺子时董叔要将饺子先用筷子夹开用嘴吹凉，再递到郑姨的嘴边。看得我们好生羡慕，一群售楼小姐都恭维董叔是董永，把郑姨叫仙女。

我由于给他们打理装修，相互接触的机会自然最多。郑姨爱聊天，我又话多，一天见面就都海阔天空个不停。一次郑姨忽然问我，如何让一条狗尽快死掉，这可让我吃了一惊。我虽说不把狗当人看，可随意取狗性命的事情，我也是反感的，就不乐意和她探讨这个问题，更别说有什么馊主意可出。郑姨无奈，就说了实话。她说自己跟董叔过五年日子了。董叔退休后老伴儿就过了世，独居了近十年，一条白狗长年守在屋里。是条老母狗，走路时腰还一扭一扭的，看着像个老妖精，据说崽都下过几窝了。她第一次去董叔家时，它就趴在董叔的怀里，竟然用恶狠狠的目光迎接她。后来发现这狗是老趴到董叔的怀里的，见她来了就目光变得很哀怨，弄得老头子以为她讨厌它，瞅她的眼神都变得怪怪的。又说这条狗太老了，经常掉毛，还有恶臭，弄得屋里跟狗窝里一个味儿。而且多病，为治它的白内障，董叔带它去上海做了两次手术，花完了九万多元的积蓄。而且最让她头痛的事情，是这母狗彻底影响了他们两口子的生活。说是夜里睡觉的时候，每当她和董叔和衣上床，这老母狗就汪汪乱叫。她很生气地问董叔，是不是这狗平时和他一起睡在床上，董叔矢口否认，说是遇着寒冷天气了，他开电褥子，狗有时候会趴在床头上一会儿。这就奇怪了。她动员把狗连窝搬到门外的走廊里去，可它双爪抓门，还影响邻居，弄得董叔也脸拉二尺长。后来发现，只要董叔下床去蹲在这狗窝跟前，它立马就不叫了。这样董叔就老是睡前蹲守在狗窝前抽烟，抽完了就蹲在那儿打盹儿，再后来就歪着脑袋扯起了呼噜，一夜不上床的时候都有。这狗畜生竟然跟她争宠了，而且每每它还是胜利者，这让郑姨受不了，为此没少和董叔闹别扭，严重时都考虑离婚了。

这次来北海买房，就有些借机摆脱这老母狗的意思。因为还是没有说服董叔弃掉它，郑姨就又做了妥协，说是只要养到屋外就行，而且要把它圈起来，强行改掉它的坏习惯，董叔答应了。北海买房时，刻意选楼顶有凉棚，且能建狗窝的小区买了房子，一切都进行得很顺利，还给狗窝安了空调。可到头来遇着暴风骤雨或雷鸣电闪，老头子还是要主动去蹲狗窝的，这让郑姨痛苦不已。听了这些，也不由得让我连声长叹，却也说不出个所以然来。

郑姨又问我狗的寿命，我说平均十二三岁吧，侍候得好会增寿五六年的。她就叹息着说，她家的狗太婆早高寿了，病成那样了还不死，再熬上五六年的话，她后半辈子就全给狗搭上了。

"可以安乐死的。"

我话刚说出口，就意识到自己信口开河了。连忙纠正说是口误，是在说别人家的狗，可已经祸从口出，后果无法挽回了。郑姨听了一下子有了茅塞顿开之感，马上就变得欣喜若狂，激动得伸手在我肩上连拍了好几把，哪里还有心思听我的多余解释。

过了没多久，老两口回了一趟宁波，三个月后返回了北海。一起聚餐时，郑姨举杯给我敬酒，说我帮了她一个大忙。我心里咯噔一下，可只管低头喝酒，却没敢问帮的是什么忙。当时后背开始微微发热，额头上都渗出了汗珠子。董叔看郑姨跟我不停地推杯换盏，时不时地还给我挤眉弄眼儿，就沉着脸问我："小赵啊，你们讲什么讲得这么热闹？"我听了先咬着牙定了定神，然后说："郑姨在偷偷地夸你身体强壮，一点儿都不显老。"

"那是当然了。"

这事儿成了我心里的一个旮旯儿，想起来总觉得自己是做了一件亏心的事情。而且以后好长时间里，老做一个稀奇古怪的梦：一个屠夫，手中握着一把带血的尖刀，跪在一只躺在血泊中的狗面前，嘴里念念有词："怪刀不怪人，怪刀不怪人，怪刀不怪人……"

再后来没有遇到跟董叔、郑姨接触的机会。郑姨究竟是怎么了断她讨厌的那只老母狗的，我就不知道了。

三

2007 年 3 月的一个午后，我突然接到关团长老婆的电话，她拉着哭腔说话，让我尽快赶到她家里去。

关团长是我的老领导，当时刚在北海装修完房子，住了才没几天。他转业后一直住在北方一座城市里的，和爱人一起照顾寡居的岳母已有好几年。舅、姨的好几个，都在同一个城里，就是不怎么管老人。时间长了关团长两口子就有些吃不消，来北海买房居住，也是想躲一躲，有些让兄妹们都尽些孝的意思。听说老人的心脏和血压都不是很好，路上我脑子里就一直犯嘀咕，老太太是突然得了重病还是……

到了后才知道，老太太突发疾病去世。她是住在干休所房子里的，身边当时没人，大约栽倒地上五六个小时后才被发现，当时已经全身冰凉，完全没了呼吸。关团长老婆哭得泪水涟涟，我劝她节哀顺变，她总是止不住地掉眼泪。送他们离开北海时，他们把家里名叫亨特的小狗，很认真地托付给我和另外一位战友老程，说这是他们一家人的心头宝贝，一定得帮他们看护好，对其饮食起居也都交代得一清二楚。我们也是再三保证看管好这个宝贝，就差没拍胸脯。

我的战友老程是河南人，当时也在北海装修房子，关团长一家人离开时，叫他来家里居住，顺便守门看狗。可主人刚走麻烦就来了。这亨特年幼，却很忠诚，警惕性又高，不认陌生人，不吃陌生食。老程像对待婴儿似的，端着饭碗拿着筷子追在后面喂饭，可它在屋里东躲西藏的，就是喂不到嘴里去。好不容易堵在墙角，刚夹一筷子饭递过去，它却一爪子打过来，连饭带碗都打落在了地上。

"这狗绝食了。"老程把情况通过电话汇报给了关团长，也通报到了我这儿。

没过个把分钟，关团长的手机打了过来，让我赶去想办法帮老程给亨特喂饭，口气和以前在部队里布置军事任务一样，是命令式的。我赶过去刚拉开进户门，这亨特忽然像箭似的，从我脚边冲出了门外，冲下了楼梯。我和老程也就没有在意，关门进屋说了半天狗的闲话，才慢悠悠地给关团长打电话，报告说亨特下楼散步去了。电话是老程打的，说是团长夫人接的，说话带着哭腔，让抓紧下楼把狗弄回来。我说团长夫人肯定是为母亲去世哭泣呢，楼下那么大的院子，狗正好放放风，它又没长翅膀，再说狗命长，少吃一顿半顿的饿不死。

　　话是这么说，可行动上我们还是很重视的。立即跑下楼寻找，可一时找不见，也就有些傻眼儿。小区有百十亩大，楼房间布有花草树木和凉亭泳池。我们猫着腰找了半天，才在一片灌木树丛中发现了亨特的行踪。这狗巴掌大点儿，可灵巧得很，在林木间乱窜，看得人直晃眼，就是捉不住，见我们要捕捉它，撒腿就逃之夭夭。我们追慢了看不见影儿，追快了又怕它跌进游泳池呛了水，这样折腾了一个晌午，都出了一身臭汗，也没把狗给抓回来。老程说一条破土狗，长相也不怎么招人喜欢，养这有啥用，我说不能这么看问题，再土再不值钱，那也是咱老领导喜欢的东西啊。老程也觉得有道理，可一直折腾到晚上，都没捉住这畜生。夜里按照团长夫人的吩咐，我们把屋里的狗窝，抬出来放在了电梯口，把几碗狗食分别放在了几处花丛中，才回屋睡了觉。第二天一早，发现亨特没在窝里睡觉，也没吃碗里的吃食，下楼再找却有了意外的收获，几个保安从草丛中把亨特给追了出来。天哪！估计我看到我家祖先，也没看到它亲切。我们和一群保安一起围起一个圈儿，亨特就在这圈儿中间。圈儿慢慢地向楼跟前移动，狗也随着圈儿移动，我就不信它能插翅高飞。路过小区的一个侧门，亨特忽然停止走动，向我摇起了尾巴。我们误以为它要束手就擒，谁知道它两只卷起的耳朵突然往外一张，"嗖"地一下从我的胯下冲出了大门，瞬间就没了踪影。

"这怎么办？"

"凉拌吧，还能怎么办？"

我和老程开始大眼瞪起了小眼。老程担心狗回不来，我说狗能认路，又很忠诚，保准回来。老程担心饿着，我说外边就是公园，里边还有个厕所，就算找不着好吃的，找点儿屎吃上一口也不至于饿死。老程说现在的狗不吃屎，我说那是没饿到火候上，狗不吃屎那还是狗吗？老程又想电话汇报最新情况，我说按我们西北风俗，这个时候正给死去的老人入殓封棺，有些还要做法念经，各类响器都叫得呜里哇啦，孝子们都哭得稀里哗啦，为一只狗打电话过去合适吗？如果电话上说个没完，不是让在场的人笑掉了大牙？让老领导夫妻背上不敬不孝的名声，那我们这些当下属的就没法交代了。老程觉得有理，也就没打。

第二天早晨四点钟，团长夫人的电话打过来了，开口就问狗的事情。我夜里回了家，电话是老程接的。他说听到亨特出门一夜未归，她就气得声音都颤抖了起来，半天说不出话来。而后指挥他下楼跑到小区外边寻找，直到手机没电为止。他听着电话那边又是哭喊又是哀乐，我说那是大清早一路送葬。他说把他训斥了个一塌糊涂，我说那是哭她老娘正在伤心处，口里肯定没好话。老程心里还是不踏实，念念叨叨说早知这样，打死都不揽这个差事。接下来我们俩上网发启示，上街贴条子，折腾了两天，还是没有找到亨特的影儿。我就责怪自己，当时亨特从我胯下溜走时，我如果像黄继光堵枪眼那样扑过去，准能捉到那畜生。老程人胖跑不动，他也糟蹋自己说，当时如果来个狗吃屎动作扑过去，也能把它揽到怀里。

又过了一天，关团长忽然一个人飞回了北海。这让我吃了一惊，人死头七没过，亲人如何能离开。他解释说，女婿嘛，就不讲那个虚套子了。见面时我和老程正在小区找亨特，他说："不就是一条狗吗，人也会死的。"说完拍了一下我们的肩膀。我这才出了一口长气，心里也热乎乎的。他又说狗肯定是上楼了，只是认不出门牌号进门，就算是被谁家伏击抓了俘虏，只要听到他的声音，准会突围出来的。说话一急，满口都是军事术语。说完就跑进了楼道，"亨特亨特"从一楼喊到了二十五楼，又从电梯下来再爬上另外一幢楼。几幢楼爬完，浑身已经被汗水浸透，亨特还是没个踪影儿。我站在院子里发傻了，满脑子都觉得对不起老领导。

亨特终究还是没有找着。

七天后，团长夫人也回到了北海。提起她心爱的小狗亨特，她伤心地说："亨特身子很肥，肯定被人煮着吃了。"老程说："不会的，肯定当宝贝一样养着的。"团长夫人就抹着眼泪说："那样的话，它会寻死的。"老程自知有愧，就没再吭声。

我在一旁想安慰她几句，可她执意说是死了，我也就不好再辩解说一定是活着的。我也不能说死得其所，更不能劝她节哀顺变，就只好憋着一肚子闷气，再装出一副笑容。

四

2008 年我回老家探亲，去探望了年老的外奶。

我出生四十天时，奶奶就过世了，爷爷更是连长啥样儿我都不知道。这辈子唯一享受到爷爷奶奶辈给予的温暖和疼爱，就是在外奶这里。童年时外奶留给我的印象有三个。一是她比其他老太太脚大，干活儿有力气。脚大是因为她刚赶上取消缠足这个不鲜见。二是她抽烟，整天嘴里刁着个烟锅。女人抽烟，这在我们陇东却是稀奇事情了。据她说，小时候她爷爷让她点烟，她就给爷爷的烟锅里装满烟丝，而后对着锅灶下面的火星吸燃，再递给爷爷抽，这样久了就染上了烟瘾。三是遇着我去她家混饭了，她就喊小姨快往锅里加一瓢水。这样如果是散饭，饭就会变稀一些，如果是面条，就会增加些汤水。不增加粮食，还能多出两碗来给我吃，舅母的脸上虽说不好看，可也就说不出难听的话来了。

多年未见，她已经头发全白，拉着我的手，半天了不松开，没说话眼泪先流了出来。牙齿也脱落得没几颗了，嘴巴连烟锅嘴子都噙不住，我连划了三根火柴，她才吸着了烟锅里的烟丝。外奶年轻时受苦，五十岁不到就失去了外爷，没几年我的大舅和小舅母又先后早逝。七十多岁的人了，还爬在锅台上做饭，可谓受尽艰难。寒暄半天，准备吃饭。因为是过年，来的亲戚较多，都帮忙操办，好吃好喝摆了满满一桌子。客人们知道我是多年在外的贵客，又当过军官，都推让我坐上席位置。我觉得这位置应该是由外奶来坐才对，我紧挨她老人家旁边为好，方便给她夹些饭菜，再聊聊家常。大家都落座后，外奶迟迟不从里屋出来，亲戚都劝，小舅却拦着说，人老了颤颤悠悠的，到桌子上吃饭不方便，说话间用筷子把桌上各样菜蔬夹到一个盘里端进里屋。我心里觉得不舒服，可也不好再说啥，也没听大家的劝而上座，小舅也推托说，他坐门口招呼上菜方便，这样上席位置就空了下来。开席后推杯换盏，叙旧谈新，动情而热烈。我借着敬酒的机会，以夸赞的口气给在座的委婉地讲了外奶生活需要更好的照顾，还表态自己作为长外孙要带头行孝，愿意承担出钱的事情。正说着大表妹一家三口进门来了，身后跟着一只长毛花狗。大表妹是大舅的宝贝女儿，也是从小跟在外奶屁股后边长大的，后来嫁到了城里，现在两口子做工程搞建筑，钱多派头大，人也早已变得洋气起来了。客人们见她来了，都站起来让座，表妹给我打招呼的同时，顺手就把她的爱狗安置在了空着的上席位置上，我的脑袋里当时就不由得"轰"的一下。在座的好像都很熟悉这狗，都知道它名叫花花，能值上万块钱，都叫着它的名字，争抢着给它喂饭喂菜。这个花花呢，似乎对上餐桌吃饭并不陌生，而且还能应付自如。它屁股往椅子上一蹲，身子就直了起来，伸起两只爪子，做出各种媚态来。而且两爪一合，能接住食品往嘴里喂，还能做出拜佛作揖的姿势来。客人们都抢着逗它开心，话题也都转到了工资、欠款和来年如何发财上，嬉笑吵闹声能把屋顶掀翻，我想再续着刚才外奶的话题讲下去，已经没法插上嘴了。一时没了吃喝的心情，就起身去了隔壁外奶的屋里。看到她老人家眼泪汪汪地半趴在炕上，捏筷子的手抖动个不停，我的心里不是个滋味儿。我接过筷子给她喂了几口，替她拭去了挂在脸上皱褶间的几滴泪珠。外奶和其他北方乡下妇女一样，年轻时是蹲在灶火锅台跟前吃饭的，年老了家境又不好，吃饭也多是炕头上搁一两个碗碟，难得有一桌酒席让她享受，坐上席受人尊重抬举的机会，恐怕一辈子也没几回。再回到酒席上，我想开口"教训"在场的亲戚们几句，可毕竟都是多年未见，而且自己也没有做得很好，也就没有开得了口。饭后再跟外奶聊天，才知道家里人对她不太孝顺。大表妹和她的爱狗，也是经常从城里回来的。这个花花经常跑来外奶的屋里，抢她的饭吃，还伸着舌头喝汤。外奶不敢赶它走，不然会挨家里人骂的。狗走了她舍不得倒掉饭菜，就都吃进了肚子。听了外奶的遭遇，我的心里非常难受。回家后就怨母亲不关心外奶的生活，不去给她弟弟和侄子侄女们去说叨说叨。母亲也觉得有愧，答应尽快去。

之后过了不到一年，家里来电说外奶病重，怕熬不过一两天了。我急忙收拾行囊上路，赶回去时看到的却是她老人家的新土坟堆。祭奠完后，和她家的三邻四舍聊天，说是外奶走时还算安详，没卧床受罪，干净利索，作为庄户人家来说，也算积德有报了。问没病没灾的，怎么走得这么快，就有人吞吞吐吐地给说，与大表妹家的花花有些关系。

原来是上次我走后，大表妹承包了乡里一所学校的改建工程，为施工方便，一家人就暂回老家住了下来。因为早出晚归带着花花不方便，就圈在院里交由外奶看管。这花花是个人来疯，哪个客人来，它都扑过去玩，没几天就把全村的人都当成玩伴儿了，谁推院门进来，它都不会汪汪上一声。大表妹呢，有了几个钱，行事就很张扬，很快就被村里的一个贼给盯上了。没机会偷上钱，就瞄上了花花，找机会溜进院里，逗着哄到怀里，塞进麻袋里背上跑了。估计这花花以为跟它闹着玩，贼背着出村子，它都没汪汪上一声。后来还是找到了线索报了警，贼也招了，就是已经转卖了好几手。大表妹拿出几倍的价钱去赎，都没寻到花花的影儿。回来就埋怨外奶没看好门户，一家人也都跟着附和。外奶本来就疾病缠身了，这事儿让她听着闹心，就一病没再起来。

（发表于《广西文学》杂志 2015.11）

怀念风铃

我和风铃认识不到一年，直到前不久，才知道她的全名叫吴雪梅。以往只知她姓吴，是一名法官。我们见面都称呼她为风铃，她也乐意别人这样称呼她。有时我称呼她吴法官，她就很认真地纠正说，还是叫她风铃为好，志愿者之间都是这样的。我心里想，现在有的人手下没管三个人，都喜欢别人叫他老总，法官这样让人羡慕的职位，炫耀还来不及呢，她却藏着掖着，这还真有些少见。

我是在一次文友聚会上，经朋友介绍认识风铃的。当时感觉她应该五十岁左右，着装很简朴，脸色灰黄有倦色，未见修饰，不像是参加聚会的架势。吃饭时听她跟别人的交谈，感觉声音很清脆，还真有些风吹铃铛响的美感。言谈举止中，显现出这个年龄少有的阳光和烂漫，而非徐娘半老之态。敬酒时她介绍自己做志愿者工作，还邀请我们有机会到乡下看看，出于应酬，也就随意应了一声。几天后她真的通过朋友约我下乡助学，我正好也想了解一下北海民间志愿者协会这个组织，实地体验一下合浦的乡村生活，同时也是因为对这个跟自己同龄女人的好感，于是我就跟着出发了。后来我也参加了这个协会，风铃无疑是我的引路人。

一次她约我和几个志愿者到她家聚餐。去了看到她家住的是老旧的公房，屋里的家具陈设，和旧货市场上的差不多，只是干净整洁许多。这是法官家庭，自家都这样的条件还做公益，因为不太熟悉不便问，也就闷在了心里。

接下来的几个月里，我们多次去麻风病康复中心和养老院慰问，去石康镇一些学校和许多贫困户家里助学，每次她都是领头人。她和我们其他几个伙伴一起，大年初三在石康街上找饭吃，在石康水库旁的公墓边上，撑起帐篷露营。路上交流中知道，他们夫妻都是浦北人，好像都在海城区法院工作。有一次她还很热情地邀请我去她的老家玩，因为时间关系未能成行。

活动中印象深刻的有两件事。一次是我第一次跟她去麻风病康复院。说实话，我当时尽管知道住在医院的这些人已经康复，可心里还是犯嘀咕。我问："敢握手吗？"风铃说："敢握啊！"说着就伸手抓住了一位康复者一只没有了手指的手掌。通过她介绍，我才知道，好多麻风病患者都是被家人抛弃了的，甚至永不相认，好多到目前为止也是这样。对此我非常气愤，一路上大骂不止，认为我们这些非亲非故者都在做的事情，难道就撼动不了他们的良心。没想到的是，风铃对此却显得很平静，而且颇有些理解他们。她说，以前这里的人谈麻色变，对患者的后代是非常歧视的，知道了要强令其转学，在就业和婚嫁方面也就算走上了绝路。她的话有些说服了我。一个人能够换位思考，尤其能理解自己痛恨的人的合理之处，这是需要有些修养的。当时我就觉得风铃这个女人不一般。

另一件事，是我们几个文友、摄友和风铃一起游了一次曲璋。在参观完陈铭枢将军故居之后，因为我和风铃看得慢，被拿钥匙的人锁在了这个三层楼里边，费了好大周折，才翻墙爬窗出来。等赶上了队伍，好几个人就开玩笑，说我们二人可能已经成就了一桩好事，逗得大家乐翻了天。这时候有个冒失鬼，可能没看见风铃就站在我身后，就信口开河地来了一句："那要看这脸蛋值不值得成什么事情。"风铃分明是听着了的。这句话能够让一个有自尊的女人恼火，甚至翻脸。我当时想打圆场，可又不能说很值得，或别的什么话，只能傻笑打哈哈，想把大伙儿的注意力转移了。可当我侧目留意风铃的表情时，发现她一点儿也不生气，依旧乐呵呵地给大家递瓶装水，这让我这个"当事者"大大地松了一口气。

前些天接到一位志愿者朋友的电话，说风铃住院了。我很快通过微信联系，问什么病竟然能住到重症监护室里去，她说："没事儿，过两天就出来。"还交代我看几篇受助学生的作文。我从微信群里知道，好些朋友都去医院看望了她。我当时不算太忙，想去探望她，又觉得去了无非就是说几句安慰话，都拿食品去，天热吃不了也浪费，还是下次请她吃一顿饭，或者她请客时，替她买一次单。万万没料想到的是，自己这次的小聪明，竟然永远失去了安慰她的机会。

接到风铃离世的消息，我和朋友们的心情是一样的难受。苍天不睁眼，对人真是不公平。也渐渐地知道了，她以前脑部得过重病，做过两次开颅手术，还接受了捐赠，省吃俭用还完了大笔欠款。我早先的一些不解，现在也都有解了。天下没有无缘无故的爱，也没有无缘无故的恨，风铃全身心地投入公益，是有缘由的。然而，受过社会关怀的人都有回报之心吗，我看不见得。在助学过程中，我了解到以前不少受助者，最后跟资助者和志愿者协会都没有了联系。

正因为如此，才显出风铃的可敬可爱。

追悼会上，我从悼词中知道了，风铃是区法院的立案庭副庭长，任单位妇联副主任，还被海城区评选为优秀干部，可见她的本职工作也很有成绩。她单位来参加追悼会的人没有几个，站满告别大厅的，主要是志愿者。仔细想来，可能是她的级别太低，或者是正在搞群众路线教育活动，法院把这样的形式主义给消除了。我想风铃帮助过的那些老人和学生们，如果有条件来的话，会站满整个殡仪馆的大院，会让她更感到欣慰的。

我们看完风铃最后一眼后，再看到的是她正在上学的儿子，和合法收养的女童。他们的哀伤无法让人不为之动容。他们的母亲以前是倾心帮助别人的，他们今后的生活，却是实实在在地需要别人来帮助了。爱是由己推人，由近推远的，我们北海的民间志愿者，今后在帮助别人的同时，怎能不尽全力帮助他们？我想这本身就不是一个值得我在这里浪费笔墨的问题。

愿风铃安息！

（发表于2013年《北海日报》副刊）

桂东六日

说来有愧，我定居广西近十五年了，却对这里的山水风土了解不多。日子都是在南国海滨城市北海度过的，连每次回故乡坐火车，横跨八桂大地，都是在夜间。今年有幸参加广西作家采风团去桂东采风，算是弥补了这个遗憾。

2016年6月26日，在区文联石才夫副主席的带领下，我们区作协一行二十多名会员，驱车赶往容县，开始了"寻找故事、挖掘细节"主题采风之旅。作为一个写作者，能与全区的一流作家们有一个星期的相聚时间，实在是机遇难得。而且有幸与名作家朱山坡、谭延桐和名主编覃瑞强、邱晓兰等老师同行，备感荣幸。一路上大家聊名著、谈名家，探讨现实与荒诞，存在与虚无等文学问题。有的慷慨陈词，有的默默倾听，有在旅途和休息期间的争论辩解，还有既正襟危坐，又生动活泼的文学交流研讨会。真是文人相亲，其乐融融。

我是个西北人，又当了二十多年的兵，习惯于以军人的眼光来看社会生活，又会不自觉地以北方人的眼光来审视南方的山山水水，采风途中处处都觉得新奇、有趣，游览观赏中经常迈不动腿脚。容县的副县长，挺个大肚子接见我们，就让我吃惊不小。她高举一大杯当地特产黑芝麻糊，以糊代酒，向我们致欢迎辞。自豪地说，她这样的科教文卫副县长，以前带头只生一胎，是在计划生育工作中当标兵，今天带头生二胎，是在与时俱进大潮中做模范。她还很风趣地赞扬中央的禁酒令好，给他们容县的黑芝麻糊销售赢得了销路。看来现在中央的政策是落实到了基层，"八项规定"的确是深入人心。我们采风团成员都深受感染，虽然一路轻车简行，粗茶淡饭，都觉得神清气爽、意趣盎然。

广西地处西南边疆，给我的主观印象是，经济文化历来落后。对于真武阁，老实说我是第一次听说。这次刚住进容县的宾馆，就听大堂里一位导游说，真武阁乃江南四大名楼之一，我当时就不太相信她的说法。广西虽说地处长江以南，可岭南和江南在中国历史文化版图中，是两个不同的地域。夜里上网查找江南四大名楼，发现前三个是铁定不变的，第四个却是众说纷纭，候选者一大堆，看来只有江南三大名楼的说法是靠谱的。那么这个真武阁，究竟是什么三头六臂，敢争那个第四呢。第二天我们去实地参观，其风貌威严就不描述了，我只记住了以下这样一些字眼儿：沙中楼阁，杠杆原理，四柱悬空，历经多次强地震和大台风而岿然不动。看，多么了不起的一个建筑。可以这样说，真武阁体现的是中国古代建筑科技的辉煌成就，是八桂大地上的珍宝，是岭南历史文化的荣耀。有这么高的地位，又何必为挤入江南名楼而煞费苦心呢。接下来听说容县号称将军县，我也觉得糊涂，这将军县不是江西的兴国县吗。去参观了几处藏于群山之中的将军故居，才知道这里出的都是国民党的将军。通过参观实物资料，我思想中的一些固有看法有了动摇和改变。原来民国时期的桂系军阀，不仅仅是与蒋介石集团争权夺利，他们在抗日战争中是建立了卓越功勋的。带团采风的石才夫副主席，问我对这些故居的看法，我说豪华大气上档次。可又从石副主席的眼神中察觉出，我没说出他想要听到的。他说他看到过其他一些抗日将军的故居，多是茅草房屋，破烂不堪。我问是哪位将军，他说是八路军中的将军，我就再没说话了。国共并肩抗日，救民族于危难之时，无论哪个党、哪个派的将军，只要披甲征战血洒疆场，都是值得我们后人景仰和纪念的。然而学习历史是要注重细节的，将军故居的区别能体现出国共两党的本质，我们共产党人的初心，可能就藏在那些茅草屋中。石副主席的话意味深长。

我们文学人采风，除过挖掘历史细节外，更重要的是寻找现实故事。广西作为欠发达地区，需要率先发展，近些年来着力打造北部湾经济区和西江经济带。梧州城西连三江，东接广东，是西江黄金水道上的核心城市，也是西江经济带发展的龙头。这次采风团在梧州安排了近三天的活动，其目的就是要寻找到广西故事，感受到脚下火热的生活。我对梧州的一点儿印象，是二十多年前看央视《正大综艺》节目时得到的。梧州街道骑楼的二楼窗下，都装有一个大铁环，是在大水灌满街道时拴船用的，这也可以证明梧州居民饱受洪水之苦。到了梧州城，我最想看到的就是那些铁环，最关心的就是治水情况。我们乘车进入梧州城中，已经是傍晚时分，晚饭后我急匆匆地跑出门去，可没人带我们去看那些铁环。我就和同行的北海作家杨斌凯一起，一路小跑去看穿城而过的寻江。江面真是宽阔，快步往返过桥竟用了三十多分钟。水面上游弋的船只，都堆满货物，前后相连，绵延不见首尾，真不愧为黄金水道。

"大江东流去，红霞满西天。"

我欣赏着这里美丽的风景，情不自禁地吟出了这么两句。

接下来两天，如愿以偿看到了那些大铁环，欣赏到了梧州的人文美景，和多年来的发展成就。29 日晚上，我和谭延桐、刘春、潘大林、盘妙彬、覃展龙、寒云、宋先周、袁一茗等作家，聚在骑楼城下的小店里，小酌一番。推杯换盏之间，聊得海阔天空，主要话题就是梧州的水灾问题。广西 90% 的洪水要经过梧州，梧州是全国水灾最严重的城市之一。这里三江交汇，滔滔寻江穿城而过，每遇上游洪灾，梧州城就被大水漫灌，其景象惨不忍睹。近年来新建成了防洪大堤，在场的梧州作家介绍说，可抵御百年一遇的洪水。外地作家中，有人提出了不同看法，说有水文记录才多少时间，百年无忧是瞎吹牛。说那些铁环还有大用，防洪不可放松。意见严重对立，争得不亦乐乎。唇枪舌剑之中，两瓶老酒不知不觉中就见了瓶底儿。这时微信中传出桂林柳州已经暴雨成灾的图片。上游有七百多条江河溪流啊，大家就都紧张起来了。上游多地洪灾，寻江、西江必然涨水。回酒店的路上，每个人都在忧虑叹息。

第二天采风活动结束。作家们返程的路上，都在互通洪水消息，为梧州的安全担忧。我回到家的时候，看到了洪峰过梧州的微信图片，土黄色的滔滔江水，已经淹到了防洪大堤的颈肩之处。

"梧州危矣！"

夜里我很晚才入睡，而且噩梦连连。

晨光中我赶忙打开微信，最先看到了梧州作家们的信息：

"洪峰已过，梧州无忧。"

我长吁了一口气。而后很快输入"梧州平安"四个字，配上了作为梧州城标志建筑的龙母雕像图片，发到了朋友圈。

是啊！梧州平安，广西平安，中国平安，写作人祈盼天下平安。

（发表于《北海日报》副刊 2021.12）

197

北海在"房市"中成长

房地产曾经让北海辉煌过，也让北海趴下过，如今却在北海的发展中起到了挖渠引水的作用，这是许多人所没有预见到的。未来的北海不仅是宜居的城市，也一定是创业的城市。

迁居

北海的房子便宜早已名声在外，我就是在 2003 年来这里买房定居的。

我来北海买房，是缘于收看了央视四套播出的北海市市长访谈节目。说是那里的房子每平方米一千元出头，不到我所在的兰州市房价的一半，这让我很心动。那时候我刚从部队转业，家属无固定工作，一家人没房住，还面临着接下来的艰苦创业。这么便宜的房子，又建在沿海开放城市，何不前去窥探一番？

正月初三，我们一家人赶到了北海。出门时天寒地冻，白雪皑皑，到达后满城绿色，温暖如春，第一印象是非常好的。房子的确是像传说中那样便宜，可满城是烂尾楼和断头路，从高楼顶上看下去，到处是停建的楼房、落荒的土地和小块农田，感觉整个城市就是一处停了工的超级建筑工地。我们在兰州市居住了十多年，以省城人的眼光来审视这里，的确有些惨不忍睹。我是军人出身，能吃苦，妻子生长于农村，也不过于讲究，觉得只要房子便宜就行，于是一咬牙买了一套。接下来的生活中，开始遇到许多不如意的事情。这里竟然没一家像样的商场。作为市区主干道的北海大道，人行道上还铺着沙石。我女儿同学的家长，基本上都无固定工作，女儿抱怨说，我把她送进了农村中学。新认识的当地人经常问我们："吃没吃过米饭和海鲜？""老家是不是都是沙漠？"女儿自嘲说："我们来到了夜郎国。"眼前这样的现实，与我们心目中的沿海开放城市，相去甚远。孩子们不甘心，我就劝他们多努力读书，将来能去的好地方很多。老婆有抱怨，我就安慰她说，安心创业要紧，老了带她再回北方。

看到我在北海买了房，战友中也有人心动，先后来了几位，找我帮他们买。成交了几套后，又让我帮装修、帮出租，还劝我把这事当作事业来干，也算是创业的起点。我觉得有道理，就着手办起了一家房屋托管公司，从此就与北海的房地产结缘了。每个人的购房需求和目的不同，考虑的问题也千差万别。有位老领导先咨询我，北海市级财政收入多少，有什么支柱产业。我说是二十亿元左右，听说还债台高筑。北海港只有二百万吨吞吐量，市区西边有个二十万吨的炼油厂，经常冒黑烟。他听了就摇头不买了。有位老人都交了购房定金，可他儿子打来电话说，他在中央党校学习，学校专门安排北海来的领导讲他们那里的房地产泡沫，同学们都戏称北海为泡沫经济博物馆。老人就不买了，定金都没要。有一对教授夫妇，想来北海买房养老，向我了解这里的博物馆和大学情况，问有没有规模较大的佛寺。我说暂时没有，他们就断了这个念想。有位老干部来买房，到广州转车，再坐大巴到北海，一路上先看了广东，再看广西，就像先喝了糖水，再喝白开水，始终觉得后者苦涩难咽。汽车开进北海市区，走的是北部湾东路，路旁的房屋破旧不堪。下车看到汽车总站低矮破烂，他的心已经凉了半截。见面后就问我："你说北海好，为什么人少、车少，好地方必然人多啊。"我没法回答他。离开时看到火车站广场上卧着一群黄牛，还不忘挖苦、讽刺北海一句："等火车的牛，比等火车的人多很多。"已经定居北海的一对老夫妻，儿子乘飞机赶来与父母过年团聚，因为大年初一没有开往北海的车，在南宁的酒店里，睡了一天一夜，他们不久就卖房走人了。我还发现许多外地人，低价抛售了自己的房子，高兴得像股票解套了似的。当时的北海人也都是不买房子的，对我们的选择，都报以摇头和叹息。他们在 20 世纪 90 年代炒房、炒地，轰动全国，最后泡沫崩溃，好多家庭被烂尾楼套牢，吃尽了苦头。有个当地人曾经给我说，别给他提买房子，听见那三个字，他就想吐。一朝被蛇咬，十年怕井绳，心中的伤痕没有消除，信心自然难以树立起来。

宜居

这个时候，上海购房者突然来了。成群结队地出现在各个售楼部，出手大方，动作迅速，成交量大，捡白菜似的把积压库存的商品房买了个精光。他们不为养老居住，主要目的是将来再把房子卖给北海人。历史再一次证明了上海人的精明，这个预言在十多年后的今天，成为事实。

2008 年之后，北海的房价逐渐涨到了每平方米 5000 元以上。应了买涨不买跌那句老话，又来了许多找我帮买房的人。这时的购房者，与之前大为不同。来时多乘飞机和高铁，事先都在网上做足了功课。比如北海的工业有了石化、电子、新材料等三千亿元产业，市级财政收入接近二百亿元，新建了园博园和普度寺等，这些都不用我再费口舌。桂电和北航在北海办了大学，北师大和中央民大在北海办了附中，他们也都一清二楚。进了市区甚至都不用我带路，看得出是有备而来。知道北海以前房价是一千多元时，都后悔没早来买，我就安慰他们说："永远迟一步，永远早一步。"我劝他们出手要谨慎，他们却批评我不够大胆。理由是北方县城里的房价都是五六千元了，讥笑我这么多年只知道托管房屋挣小钱，没倒腾几套房子，真是白待了北海。

当然，并不是所有客户都盼望北海尽快现代化。许多退休者，家本身就在大城市，他们想在异地居住，为的是摆脱人多繁杂，追求的是宽松安静，注重的是文化品位，需要的是调节身心，颐养天年。我推荐他们来北海买房时，强调北海是国家新近批复的历史文化名城。他们不大相信，因为这个称号的分量实在是太重了，包括兰州在内的众多省城都没有得到。其中有位老师认为我说的不是实话，我请他上网查证，他说没有必要。他的观点是，北海以前是个渔村，连城都不是，如何还能是历史文化名城。我问他的依据是什么，他说他是教历史的，北海市区以前绝对没有筑过城池，不信可查证有无城墙和城门，就算拆了也是有遗迹的。我实地调查和上网搜寻，原来北海历史上还真没修筑过城池，这位历史老师的话不是妄言。

他来北海后，我带他去珠海路老街，和德、法、英等国早先的领使馆，他参观后说，资料反映的多是向中国卖烟土，和掠夺中国财富，谈不上什么文化。我又带他去参观普仁医院旧址，和涠洲岛上的天主教堂，向他介绍外国医生治疗北海麻风病人的成就，他开始认识到北海的近代史是很有文化价值的。再看合浦汉墓和白龙珍珠城遗址，了解客家和疍家文化民俗，之后他终于承认，北海有历史也有文化，是货真价实的历史文化名城。有了这个称号，北海的城市品位大为提高，渔村的看法开始淡化和消失。从那时起，陆续有了许多作家、画家、翻译家等前来买房定居，为北海的文化发展增添了新的驱动力。文化名城的确立，与产业的发展壮大，共同支撑起了新北海，改变了单一的气候环境优势，给新移民提供了足够的信心。

我兰州的老朋友吴守清，是我帮他在北海买的房子。最初觉得北海条件差，打算带大了孙子后再来住。后来北海的发展远超他预料，就带着老小三代人过来了。小两口就在一家外企找到了工作，现在日子过得红红火火。买房者的多元化，带来了不同地域的饮食和文化，促进了这座海滨小城的都市化。十多年前在北海人的眼里，北方人就是东北人，东北人就是黑龙江人，黑龙江人就是哈尔滨人，那种简单生硬的模式化思维，现在早已被人当笑话来讲了。这时候广东人也来北海买房了，原因是广东城市的房价成了天价。由于语言、民俗和气候环境相同，广东的许多农民把进城安家的目的地选在了北海。

兴业

这个潮流虽说才刚兴起，却已显出汹涌澎湃之势。孔雀一直是往东南飞的，为什么突然转向西飞了呢，因为北海这些年发展迅速，整体条件并不比粤西的许多城市差，可房价不到那里的一半儿。这些农民的购房目标，将是北海存量最大且价格低廉的二手房，许多长期黑灯的房屋，有望尽快亮起来。承接广东产业转移，一直是北海的重要发展手段，始料未及的是，北海的房地产业竟然也承接了广东的人力资源转移。

近两年来北海的购买者，更多地冲这里洁净的空气而来，用时下的话说，就是躲雾霾。从地域上看，以河北等空气污染较重的地区居多。这应该是一个非常好的趋势了。中国这么大，没有一个地方会是完美的。北海以气候环境之长，来补某些地区之短，应该是经济社会良性发展的体现。我的有些朋友，有购房能力，却又优柔寡断，想听我的意见。我说南北气候、环境各有优势，在两地各有住房，是一件很幸福的事情。候鸟都知道冬天去南方，乾隆皇帝也喜欢下江南，近代以来的达官显贵都热衷于冬天去南方度假。当今中国发展了，开启了商品房时代，我们这些平民百姓才有条件实现这个愿望。交通、金融便利了，异地看病也能划卡报销，手机里可以看到爱孙，过年可以发红包，视频中能猜拳行令、把酒言欢。我家楼下住的一位老太太，夜里过了零点，还让远在杭州的儿子通过微信指点她使用影碟机。故乡其实并不遥远，千里南北可以一日往返。上一辈住完房子，下一代又会接着住，顾虑增值贬值是徒增烦恼。我的这些看法和许多购房者是一致的。

习近平总书记 2017 年 4 月 19 日视察北海之后，北海购房出现了前所未有的高潮。包括恒大、碧桂园在内的许多大盘，在很短的时间里就没房可销售了。政府不久前还为房子的库存量大而焦虑，转眼间又为价格上涨过快而忧心，于是出台了外地人只能在北海买一套房的限购政策。北海的房子开始变成了稀缺资源，炒房终于成了过去的故事。限购政策的出台，毋庸置疑是北海房地产发展的分水岭，可也没有改变其蓬勃发展的局面。新开工的大盘很多，恒大都开到了第四家。购房者的人数也并没减少，许多楼盘都人头攒动。我询问其中一些购房者，他们说从习近平总书记在"一带一路"国际研讨会上的演讲中，听到了北海的名字，心中就萌发了来北海买房的想法。他们是要来打拼和创业的，北海便宜的房价能减少好多投入。这是一个十分喜人的景象，目前北海的买房队伍中，创业者人数已经逐渐超过了投资和养老者。养老的群体中，许多人也在追求老有所为，想在北海做些事情，并不甘心过饱食终日无所用心的日子。北海下辖合浦已经被确认为古代海上丝绸之路早期始发港，在"一带一路"倡议的引领下，必将会有大作为和大发展，我们这些买房定居的新北海人对此充满信心。

（发表于《经济日报》副刊 2018.2）

大而化之

跟随各位著名作家来到广西大化县采风，一路上被红水河、七百弄的美丽风景，和多姿多彩的瑶族风情所陶醉。

我是一个北方人，故乡在甘肃陇东山区。从一个西北农民的视角看，我发现这里的耕地非常稀缺。许多房子修在陡峭的山坡上，夜半出门撒尿，一不留神脚往前稍迈半步，说不定就会失足滚下山崖。再看，七百弄（弄为山间深洼地）里许多村庄的田地，陡得猴子都难爬住。有个村里人家耕种的龙卷地，更是让我这个农家子弟难忘。从高空无人机上拍出的图片看，从一个深坑的底部起，皮带一样又细又窄的梯田，就一层层地缠绕着向四周山坡延伸，如同放在山涧沟壑中的一只大箩筐。

接下来的行程中，我有意无意地把大化与我的家乡陇东对比：这里山绿水碧，是高峡平湖般的风景名胜，和国家地质公园，我们那里是黄土高坡，干旱贫瘠，水土流失严重。两地都交通不便，都属于贫困地区。所不同的是，大化有十分之九的大石山区，因为没有土壤而无法耕种。陇东土层厚实，可耕种土地面积大。我老家的村庄里，仅平塬上的田地，人均就足有两亩。这样对比可以看出，大化美过我的故乡，也穷过我的故乡。大化县政府的公开资料可以佐证这一点：全县人口中的四分之三，被列入了扶贫档案。我在这里不是纠结于它的贫困，我要强调的是，它的贫困是隐藏于美丽的外衣之下的。

贫穷并不可怕，全国有众多的贫困地区，问题是如何脱贫。我们到大化后看到，当地党委、政府，面对财政收入只有十个亿的严峻形势，把扶贫工作当作了泰山压顶的天字一号工程来抓。县城里正给搬迁的贫困户集中修建住房，政府给每个贫困人口补贴达六万元，个人只需负担一万元，就可以住进人均十八平方米的电梯房里，这是何等的扶贫力度。要知道发达地区的许多人，都在为能有一套住房而费尽心血。从全县整体扶贫开发工程的规划设计来看，县城、乡镇和重点村，都布有居民点，扶持起了红水河和七百弄旅游项目，建起了建材批发商贸城，采矿和观赏石产业也在兴起，这些项目对于保障贫困户能够扶得起、稳得住，将起到很大的作用。

一句话：形势一片大好。

我听着领导们的热情介绍，用自己的人生阅历和生活经验，对这些内容认真地进行着审视。这些接受了搬迁式扶贫的贫困户，在"一步登天"实现城镇化后，他们的生活状态可能是这样的：过上了城里人的现代化生活，打工做生意方便多了，没有条件再耕种遗留在山涧弄底的小块土地，失去了养鸡养鸭种菜这些对他们来说简单易行的创收方式，新增了水费、物业费等项开支，固有的生活方式，和邻里亲戚关系也被打乱。短暂的喜悦过后，可能会出现两种情况：最乐观的是，打工经商做生意，很快变成市民。或者成为从事集约、高效农业的现代农民。当然也不排除出现下列不乐观的情况：中年人没有就业的技艺，年轻人嫌工资低去外地打工，老年人无法适应城镇生活，重返故里老屋，花了大批资金盖起来的漂亮房子空置了，夜幕之下，亮不起几盏灯。这绝不是杞人忧天，这是许多贫困区扶贫开发工作中，多次出现过的情况。我有这样的忧虑，同行的好多作家也有此看法。在讨论、争议的过程中，我由大化这个县名，联想到了一个成语：大而化之。上网查辞典找到两条解释：原指使美德发扬光大，进入化境。后形容做事情不小心谨慎，粗枝大叶。大化县委、县政府目前正在做的事情，称得上是把美德发扬光大、乃至进入化境。那么会不会不小心谨慎、粗枝大叶，使扶贫开发的结果没有预想的好呢，我的顾虑也是有的。我愿意把自己的顾虑写在这篇短文里，供当地有关部门和人员参考。

二

无论未来怎么发展，大化独特的山水和民俗文化都应该很好地保留下来。这应该是生活在这里的，和来过这里的人们的共同看法，也是"朝野"的共同心声。那么大化这地方的独特之处是什么，这次采风前，我是做过功课的。首先吸引我的，是一位学者写的一篇关于大化的散文。他把大化与晋朝大诗人陶渊明笔下的世外桃源相媲美，描写深山大弄里的瑶族生活：

"日出而作，日落而息，石臼捣米，麻秆照明，瓦缸盛水，木碗吃饭，鸡在啄米，狗在交尾。"

赞美这里的生活，是现代社会中的一汪清泉，是人类曾经有过的幸福生活的活化石。建议当地："无论是生产工具，还是生活方式，一定要原汁原味地保留下去，不能有丝毫的改变。"我看了之后沉默良久，长长地叹了一口气，心里只想问一句话："凭什么？"

就算那些千山万弄里的瑶族百姓的生活，美好到原始共产主义的境界，那也是建立在高度贫困之上的啊。凭什么要人家忍受着贫穷和落后来当活标本，让你们富裕了的人前来观赏回味，这样人道吗？要知道现在对待动物，都提倡改善他们的生存状况的。

我再翻阅大化县收集整理的相关资料，知道这里的山民以瑶族的布努瑶为主，系明朝中期从外地迁徙而来的，住干栏木瓦楼，穿黑色服饰，跳铜鼓舞，摆长桌宴，形成了独特的生产生活，和婚娶丧葬文化。历史上的红水河，暴躁汹涌，两岸石山簇拥，狼嚎虎啸，山猿哀鸣，许多的村落处于原始状态，说是穷山恶水亦不为过，哪里是现在所呈现的，高峡平湖和百里画廊。这些文人笔下的田园牧歌，大约只是一种传说。

来大化的时间是 5 月 31 日，当地刚进入雨季，冷热适度。天公作美，登山时惠风和畅，游水时烟雨朦胧。一早乘船沿红水河逆水而上，眼前水面开阔，两岸云山雾海，山峰、竹林、飞瀑、村落、稻田交替出现，变幻莫测。两岸山坡上常见白楼红瓦，前方偶有小岛迎面扑来。不要说我等普通作者，就是走遍世界的那些文坛大腕们，一下子就被眼前的景色震撼了。都嘴里啧啧称奇，盛赞其美不输漓江，却又各有千秋。

我请教陪同的当地作家，知道现在看到的红水河景象，是 1975 年和 1985 年，分别建成大化和岩滩水电站后形成的。红水河原先人们叫它浑水河，到了洪水季节，浊浪滔天，岸崩船覆，甚是暴戾，两岸百姓叫苦连天。自从建成这两座电站后，这条猛兽才被驯服。河水一下子变得温柔多情，碧水荡漾、烟波浩渺，水面增加到了十八万亩之多，许多缺少耕地的农民，开始变成了打鱼晒网的渔民。我们顺流而上时，看到了大面积网箱养鱼的场面，晚上逆流而归时，看到了渔歌唱晚的情景。渔翁唱的什么我们听不懂，陪同的大化县文联主席黄格同志翻译说："宁做湖岛人，不愿当神仙。"黄主席补充说，由于两岸修了公路，大型工程机械能够施展开来，红水河底的彩玉石得到了开发，现已形成了产业。说是这种石头历经上万年的急流冲刷，留下了质地最坚硬的部分，造型也别具特色，现在成了观赏石市场的新宠。看来大化的美景是在发展中产生的，与"不知有汉，无论魏晋"的桃花源景色，不是一个来路。

接下来登上七百弄观景台，极目远眺千山万弄，有作家感慨说：这样的风景只在画家李可染的山水画里见到过。有人情不自禁地吟诵起了杜甫的诗句："会当凌绝顶，一览众山小。"从山顶俯视缠绕在山间的蛇形公路，和与公路相连的、镶嵌在弄底的一座座小白楼，没看到有传统的民族建筑。请教陪同人员才知道，瑶族的传统民居是干栏木瓦房，现在已经很少了。布努瑶的黑色服饰，也只有在节庆时才能看到。偏远小弄里的人家，正在接受搬迁式扶贫，大的村庄都进行了现代化改造。传统的农具和家用器物之类，也都面临失传的危险。经过几个村子，看到的都是水泥房屋，和各种机械车辆，到处晃动着牛仔裤、T恤衫，民族风情并不浓厚。如果不是看了专门的歌舞表演，甚至意识不到来到了瑶乡。

夜里，我在大化县城的宾馆里有些失眠。大化的美，的的确确是在发展中产生的，要脱贫致富，要保护自然和人文景观，看来也得在发展中才能实现。发展似乎不是问题，问题是如何发展。我相信蓝图一定是早已绘制好了，而且许多举措已经落实，并且成绩斐然。我作为写作者，愿意发挥自己的想象力，在这里做些分析预测，展望一下大化的未来，希望能为大化的领导者和建设者们起些参考作用，以此来回报大化人民的热情招待。

三

现在的大化县，无疑是进入了跨越式大发展的阶段。

今年是这个瑶族自治县建县三十周年，十几个献礼项目，让我印象尤其深刻。红水河游客集散中心，奇石美食文化园，县城污水处理厂，贫困户异地安置小区，公路村屯通等，十几个项目都是民生工程，而且推进平稳有序，相信全部完成后，能使全县的经济社会发展，有一个突飞猛进。有了这些龙头项目，扶贫攻坚的目标一定能够按时实现。

脱贫之后该怎么办，如何能实现跨越式发展，这是我接下来要谈的事情。

毫无疑问，下一个目标是致富奔小康，这是不言而喻，又顺其自然的事情。大化县四十多万人口，目前的财政收入也就十亿元。这样的经济状况，不说与沿海发达地区比，就是与中西部好一些的地区比较，差距也是非常大的。在中央的强力推动下，脱贫目标很快就会实现，可差距很快会缩减吗？不可能。你发展，人家也在发展，谁的脚步也不会停息下来。

就目前而言，发展需要有产业做支撑，工业化带动城市化，似乎成了必由之路。由于地处偏远地区，受交通、金融等制约，在土地和人力资源上又非强项，发达地区曾经走过的路，在这里肯定难以走通。比如：搞各类产业园，投产石化、汽车等制造业大项目，肯定是难搞起来，也难招商。发展中、小型制造企业，生产生活类日用品，多数会被发达地区的同类产品所打败，这是改革开放几十年的发展经验所证明了的。能走好的一条路就是：靠山吃山，靠水吃水。大化的山，当然是以七百弄为代表的千山万弄。大化的水，当然是红水河及其支流。能搞的产业有水电、林业、旅游和渔业、牧业规模养殖等，当然最能赚钱的，一定是采矿业及其矿石深加工产业，再就是水泥厂和砖厂。这在许多欠发达地区的发展中，几乎都成了怎么也绕不过去的路径，甚至成了一种模式。如果走上这条路，发展会高歌猛进。先上马采矿厂、采煤厂、砖窑，紧接着就是铝厂、钢厂、造纸厂，山被挖得到处是窟窿，森林被砍得七零八落，到处有大烟囱和污水沟。七百弄会变成矿区，红水河会变成排污河，新修的村镇公路会被重载车压烂，当地有条件的人会外迁，外地民工会进驻，新农村会变成新矿区。过不了几十年，矿产资源会枯竭，美丽的千山万弄会变成千疮百孔的无人区。这是许多贫困地区出现过的景象，并非危言耸听。

看到这里，一定会有人说，我是替古人担忧，瞎操心。会告我现在走的是环保的、低碳的、节制的、可持续的绿色发展道路，未来的大化会是南宁乃止广州这些大城市的后花园。这一点我没有理由不相信，因为现在贯彻的是科学发展观，不会再走先污染、后治理的老路了。那么我顺着这个思路，把大化的未来再想象一番，脑海里的画卷应该是这个样子的：碧绿的红水河上，峰峦叠嶂，美如画廊。险滩高峡处，乱石嶙峋，悬崖峭壁处，险峻秀美。七百弄里，公鸡山、月牙山，山山相连，仙翁洞、仙女洞，洞洞相通。千山万弄间有茶园、茶场、茶屋，有攀岩、登山，有画家村、摄影队、写作营，有科普营、夏令营。把旅游、养生、科考、体育产业做起来，把那些要废弃的小村弄盘活，让那些有特色的传统民居得以利用。形成水电工程顶天立地，微小企业铺天盖地的局面，与珠三角等发达地区形成互补关系，真正成为它们的后花园。许多瑶族特有的服饰、风俗和文化，可以通过从业人员表演，和博物馆展览等形式保留下来。像天街别墅和乔圩洞，这类重点的文化和自然遗存，可以作为重点进行保护。

如果能够做到这样，那就是大化的山水之幸、人民之幸了。

那么按目前的发展路径走下去，能够形成预想的这种局面吗，我的看法虽说不是否定的，感觉会非常之艰难。为什么呢，因为这些都是低收入产业，从业人员的收入必然是微薄的，在致富奔小康的道路上，他们会甘心落后吗？我想多数人会不甘心的。不甘心就留不住人，没有人当然一切都免谈。

我们是文学人，文学的使命是提出问题。至于解决问题的办法，当然会有众多的官员、专家去思考和谋划。我在这里只想给读者们倡导一种观念，而且认为这种观念，如果能够很快形成并推广落实的话，将非常有利于像大化这样的，端着金碗要饭的、落后地区的可持续发展。

我要谈的是一个相对陌生的词：生态补偿。

四

我先举一个例子。前些年北京春天的沙尘暴很多，后来有专家团专程考察沙源，确定是内蒙古额济纳旗的几千平方公里的湖泊干涸，胡杨林消失所造成的。而湖泊干涸，又是因为远在祁连山下的张掖市大量截流了黑河水，增加灌溉面积造成的。当时央视深度报道了这件事情，一时间张掖成了众矢之的。张掖水务局的局长给记者大倒苦水，说如果有五十亿元资金，就可以推广以色列的微灌技术，额济纳旗的湖泊、胡杨林及北京的风沙就都没问题了。这个局长的话被广泛扩散后，舆论的风向开始发生了变化，那种愤怒声讨的声音变得微弱了，认为北京市应该拿出五十亿元，在张掖推行微灌技术，这样的主张占了上风，接下来好几家报纸也发声支持。这应该说是中国人在环保观念上的一次重大变化，用一个网民愤怒的话说是：

"凭什么让我们穷人饿着肚子，来保护你们富人的肺呢？"

我的这些话并没扯远。我们预判一下，大化县乃止整个红水河流域，无节制地大开发后，能挣钱的一定是开矿、挖煤、造纸、炼铁、烧砖，这些低成本高污染的企业，红水河无可避免地将被重度污染，下游的浔江、西江乃至珠江，水质不难想象会成为什么样子。而处在下游的，正是我国经济最发达的珠三角地区，那里的人畜饮水能达标吗，流域内的粮田、果蔬，灌溉后还能谈得上绿色吗，这绝非耸人听闻。

怎么办呢，大化这样的红水河上游地区，只能走生态效益第一的，低效能发展道路。

如何致富奔小康呢，需要下游发达地区给予生态补偿。

因为上游百姓为维护生态付出了代价，下游是生态的受益者，理应补偿。这不是一种恩赐，而是天经地义。这种补偿在国外早已有之，国内的青海三江源区域，广东的珠江上下游区域，其生态补偿问题，普遍取得了共识，有些已经进入了议事日程。从网上搜索可发现，红水河作为广西的母亲河，多年来实施封山育林，搬迁关停了许多企业，放缓了工业化的步伐，包括大化县在内的许多地区，都承受了重大的经济损失，生态补偿问题也早已有学者提了出来。从各区域提出的补偿方案来看，下游受惠地区给上游保护地区提供稳定持久的经济补偿是其核心内容。

写到这里，有的读者也许会说，不就是要钱吗。有人甚至会把这个钱，说成不劳而获，有些甚至会误认为是勒索。当然更多的读者会以为，国家已经搞扶贫开发并提供扶贫资金了，再没必要搞什么生态补偿。我在这里写出自己对这个问题的思考，作为这篇稿子的结尾。

扶贫是强者对弱者的扶持帮助，带有同情、怜悯，甚至恩赐的感觉。

生态补偿是建立在平等基础上的一种付出，是一种义不容辞的责任，具有必须性、可协商性，甚至强制性。

弱者也是有尊严的，长期被人帮助，总觉得心有亏欠，合理补偿可以让人心安理得。

由于地理位置得天独厚，包括香港在内的珠三角发达地区，长期在人们的印象中，是掌握了经济发展主动权的，也可以说是执牛耳而俯视天下，让红水河上游的云、贵，乃止广西大化这样贫困地区的人民，对他们有一种仰观太阳，可望而不可即的感觉。我们现在进行一番理性的思考会发现，上游地区承担着水资源的保护工作，影响饮水和食品安全，是事关下游人民的生存权的。生存权比发展权重要，这是最基本的道理。

对于富裕发达地区的人而言，我们暂且不谈市场经济条件下的平等交换，我想说的是，这种生态补偿实质上是为了他们自己的生存。

无远虑，必有近忧，不能等到红水河变成了排污河时，再唏嘘长叹。

盼社会尽快形成共识，盼政府早日行动，盼大化人民早些得到补偿，以助其守护家园，安居乐业！

（发表于《中国作家》杂志 2019.5）

结缘《飞天》三十年

　　1990 年春天，因为要参加汉语言文学自学考试，我参加了兰大中文系的课外培训。一位老师在课堂上讲到，作为甘肃考生，要了解当前文学创作的最新情况，《飞天》杂志是必读的。如果有志于文学创作的话，能在《飞天》上发表几篇作品，也就算进入文学界了。这位老师是位副教授，姓名我已经忘了，可他的话当时对我却起到了引领作用。当时结合学习内容，开始阅读《飞天》杂志，三年学习结束后，就壮着胆子开始给它投稿了。我在兰州市内的驻军单位上班，一月半载会去编辑部一次。

　　当时编辑部好像是在东方红广场东口的一家招待所里办公。我的记忆里，是两个编辑一间办公室，简易的三抽屉木桌，紧贴在墙面上，几只木凳子和一张单人木板铁架床，床上、桌子上、地上，到处堆积着杂志和来稿、废稿，几乎没下脚的地方，来客进门就落座在床沿上。与我们单位配有写字台和沙发的办公室比，反差是很大的。一群我景仰的作家，在这样的条件下工作，是我没想到的。一次去编辑部问稿子情况，赶到时已到了下班时间，看到张平编辑推着自行车走出大门，后坐上有一根绳索，我好奇地问是干什么用的，他说是要给儿子的班主任去送液化气罐。

最初投稿都差不多，多数石沉大海，少数是接封退稿信。连续投了三年，总上不去，心里就琢磨，能不能与编辑拉上点关系，这样上稿希望就大一些。我在铁路单位当军代表，买火车票有些门路，就主动告诉编辑部，这事儿我会有求必应。当时《飞天》杂志的副主编冉丹老师，知道我能订到火车卧铺票时很高兴，公家接待或朋友出差，他都会找我帮忙，我觉得这是天赐神助，登上《飞天》指日可待了。我送了一份稿子过去，还没满一个月，他就主动联系我，让我去编辑部，我当时激动得心里突突乱跳，比去跟恋人幽会还迫切，让单位给我派了辆吉普车，急急忙忙地赶了过去。路上还给司机提前透露了，我将要得到的喜讯，大讲特讲了一通作家和文学。见面后却没有谈我投的稿子，甚至都没有谈文学，冉副主编只是一个劲儿地感谢我帮买火车票，夸我身穿军装很帅气，说是安心干好部队的事情，应该会更有进步。看我额头冒汗，嘴唇抖动，似乎明白了我的心意，就接着说，搞文学不容易，没必要费那个劲儿了，有时间了可写点小文章，他可以帮着给报纸推荐发一下，让单位里的人都知道我是个笔杆子，有利于成长进步。返回时一上车，我就两手捂着肚子不说话，司机觉得纳闷就问我，我说肚子疼，他说怪不得脸色这么难看，二话没说就把我拉到了一间公共厕所门口。

　　这次退稿，给我的打击很大，让我几乎放弃了文学梦。因为我已经明白，我的文学天赋太差了。差到了无法可教，没有希望的程度。我也清楚，冉丹老师对我说的话是很客气的，也是很真诚的。如果文章水平能够接近发表水平，他作为副主编，一定会尽力促成的。同时我也意识到，《飞天》大门的台阶是很高的，不下一番苦功，是爬不上去的。

接下来的日子里，我的部队生活并不算顺利，思来想去，觉得还是文学创作能够寄托我的理想，反映我对人生和社会的看法，还能提高自我修养和能力，于是就没有中断阅读和写作，向《飞天》继续投稿。

有一天，张存学编辑告诉我说，我投的短篇小说《酒鬼刘三》不错，主编也看过了，让我等消息。我兴奋得不由自主地小声哼起了小曲，办公室里的人都认为我肯定要升官了，不然不会高兴成这个样子。张存学老师是编辑部的小说组长，主编看了又说不错，发表看来是板上钉钉的事情了。过了约有一周时间，实在等得着急，我就直接跑去编辑部了。拿到的又是一份退稿。原来李云鹏主编大概看过了，说稿子不错也事实，可当时《飞天》实行的是，主编、副主编们轮流主持一期，我的小说终审，正好轮到了由何来副主编终审。翻开稿子看到，里边用红蓝铅笔，勾出了各种好的和不好的段落、句子，还夹杂有问号、感叹号，连错别字都改了出来。我粗略地看了几眼，心中滋生出的不是失望，而是羞愧。收起稿子，低着头离开了编辑部。

这次退稿，再一次让我认识到了自己的写作水平与发表标准的差距。接下来我把主要功夫用在了阅读《飞天》杂志上，从中汲取创作手法，努力体察该刊的现实主义风格，结合我个人的生活阅历，集中在乡土小说创作上下功夫。一两年过后，我对于中、短篇小说的认识和理解都有所深化，写作上也不再盲目和自负，而是能够冷静地挖掘和选取原型人物及故事，然后从中开掘主题，构思好故事，选取典型环境，搜集到足够的生活细节，确定好叙述手法，然后再动笔，这样我才进入了创作状态，找到了"作家"的感觉。

1998 年的五一节过后，我接到张存学老师的电话，让我尽快来编辑部一趟，李云峰主编约我去谈稿子。我的心里又一阵热流涌动，预感到有上稿的希望。我这次投的是一篇军事题材的短篇小说，时间也快三个月了。内容是以我在新兵连的一个战友为原型虚构的。主要情节是，主人公朱勇是一位来自贫困地区且没有文化的新兵，人比较笨，比武学技术，老是拉连队的后腿，就被安排去猪场里喂猪了。这个朱勇，觉得喂猪没前途，不能进步，就偷着抹眼泪。后来他发现给军区的《人民军队报》写通讯报道文章，是个成才的路子，就把身边的好人好事，写成豆腐块文章给报社投，可两年过去了，总也变不成铅字。有一天他给报社写了一封表决心的信，说是他虽然写了一百篇稿子，都没上得了贵报，可他有决心写下去，一定要登在报纸上。这封信被该报的读者来信栏目刊用。这件事存在我心中好几年了，与战友也分别多年，很是想念，就满怀情感写成这个作品。进了李主编的办公室看到，屋里还是简易桌椅，和木板单人床，窗户朝北，光线幽暗。虽然一个人办公，也显得拥挤，别致之处，是墙上挂着好几排《飞天》杂志。他一头黑发，说话很客气，说自己也在部队干了许多年，我听了就不太紧张了。问了些部队养猪、种菜的事情，和当下战士们的思想变化，确认了我小说里写的都是部队当前的实际情况，就当着我的面，在稿子的签批表上的终审栏目里，签上了"通过"两个字。我当时的兴奋是难以用言语来形容的，只记得我出门后很奢侈地搭了一辆在当时来说算是很高档的桑塔纳出租车，去了滨河路，在浏览道上散着步，瞅着奔流不息的黄河水，感慨和憧憬了一番自己的文学事业之后，才回了家。

到了8月初，我的短篇小说《猪倌朱勇》，终于在《飞天》杂志上刊登了出来。

我努力了五年，作品才登上《飞天》，其笨拙程度，大约也创纪录了。之前在一些内刊、小刊上发过稿子，可我一直不认为那是真正的文学作品，我认为这篇稿子为我的处女作。虽然作品发得艰难，可从此以后，有了一种拨云见日的感觉。不仅每年都能在《飞天》上发稿子，在其他省刊也陆续开始发表作品了。一次我去编辑部遇着主编陈德宏老师，他给我看西北师大的学生读了我的小说《爷爷》后写来的一封读后感，我心里不知道有多高兴。到了2003年我加入甘肃作协的时候，我提交的八个短篇小说都发在省刊上，其中有六个就是发表在《飞天》上的，当时的省作协秘书长刘秋菊说，那一年入省作协的所有会员中，我的条件是最过硬的。

经过多年的交往，我与编辑部的许多老师，都成了亦师亦友的关系。我入省作协时的两位介绍人，分别是张平和张存学老师。我结婚时他们两位也参加婚礼了。张平老师还走错了路，在五泉山桥下找了好多家酒店，都没找着地方。

我从部队转业后，移居广西北海市。从黄土高原腹地，到南国北部湾海滨，距离一下子拉远了几千公里，可我对《飞天》杂志的感情，一点儿也没有减弱。投稿上稿自不用说，已发表过的作品，还很荣幸地入选了《飞天》55周年精华本和60周年典藏丛书。长篇散文《我的故乡我的塬》，在2015年获得了《飞天》十年文学奖，这也是我获得的，第一个真正能拿得出手的奖项。

离开甘肃后，我才真正认识到，《飞天》杂志在全国其实是很有影响的。广西和甘肃一样，也是个诗歌大省（区），这里的文友经常向我谈起《飞天》的《大学生诗苑》专栏，谈起李老乡和张书绅等编辑老师，谈起娜夜等甘肃诗人，谈起他们的名字登上《飞天》时的荣耀，我听了心里也热乎乎的。我一个外乡人，能很快融进北海乃至广西文学圈，刊发在《飞天》上的那些作品，无疑是起到了无声的推介作用。记得北海市文联支助作家出书，名额少，竞争激烈。我报送的作品多是发在《飞天》上的，评委们看了作品文稿和张平老师为我写的评论文章《在现实的低空中飞翔》后，没有争议地一致通过了，我这位初来乍到的外地移民作者很快被许多本土作家所认可。

事实也证明了《飞天》杂志在广西有影响力。21世纪以来，仅就我知道的，贺州市文联请马青山主编带领编辑部人员去做过文学辅导，阎强国副主编和编辑主任张平去给钦州市文联做过小小说大赛评委。由于我在北海的缘故，《飞天》与北海文学界建立了很紧密的联系。近十年来，先后有马青山、张平和赵剑云三位编辑老师，应邀参加过北海市举办的三次文学周，其间与北海文学界开展过深入的交流，为北海文学爱好者进行过耐心细致地指导。副主编阎强国和老编辑张存学，也先后来过北海，与北海的作家和文友们建立了密切的联系。我写这篇小文时翻阅相关资料，翻出了李云鹏老师以前赠送给我的一本诗集《零点，与壁钟对话》，发现了书中他的一首诗《去涠洲岛》，原来他在1994年10月来过北海。诗的开头是这样几句："去涠洲岛的海路／是少有激情的平淡书页／船的出现是山／人的出现是树／欢乐或忧郁的话题中／才见起起伏伏的情节。"看来我与《飞天》真是有缘啊！我在他乡的落脚之处，几任《飞天》主编和编辑老师们，几乎都留下了脚印。这是故乡文学界给予我一个文学游子的最大安慰和激励，是我终生难忘的事情。

而我与《飞天》的诸位老师的师友之情，更是没有因为时间久和距离远而淡漠。多年来，通过网络媒介，我经常和马青山、张存学、张平几位老师交流文学创作，虚心向他们请教。虽然他们因为升职和退休，先后离开了《飞天》，可在我的心中，他们还是杂志社的人，代表着《飞天》的思想品格和专业水平。张平老师退休后赋闲在家，我经常把新创作的稿子发给他征求意见，请求他帮助校正，多年来这几乎成了习惯，就连这篇稿子都没有例外。我是平凉人，每年都回甘肃探亲。兰州一般没什么事情，可我都会绕一大圈路去，为的就是去看这几位老师，和他们叙旧，去和新主编、年轻编辑们聊一聊刊物发展的新成就。近些年来，我先后在《人民文学》《上海文学》《中国作家》《北京文学》等刊物上发表了文章，在《作品》《天津文学》等省刊也常发稿，给《飞天》投稿反而少了，连读空过有四五年。之所以谈这些，要说明的是，我并不是为了能多上几篇稿子而去。我总觉得是《飞天》杂志的引领，和编辑老师的帮助教导，才使我在文学创作的道路上一直走到了现在。我见到他们，就像见到了久别的亲人一样亲热和幸福。

（发表于《飞天》杂志 2020.7）